节气24帖

诸荣会 著

江苏凤凰教育出版社
Phoenix Education Publishing, Ltd

图书在版编目（CIP）数据

节气24帖 / 诸荣会著. —南京：江苏凤凰教育出版社，2017.3

ISBN 978-7-5499-6241-9

Ⅰ. ①节… Ⅱ. ①诸… Ⅲ. ①散文集—中国—当代 Ⅳ. ①I267

中国版本图书馆CIP数据核字（2017）第042629号

书　　名	节气24帖
作　　者	诸荣会
责任编辑	陶振伟
出版发行	凤凰出版传媒股份有限公司 江苏凤凰教育出版社（南京市湖南路1号A楼　邮编：210009）
苏教网址	http://www.1088.com.cn
制　　版	南京新华丰制版有限公司
印　　刷	江苏凤凰通达印刷有限公司（电话025-57572508）
厂　　址	南京市六合区冶山镇（邮编211523）
开　　本	890毫米×1 240毫米　1/32
印　　张	7.25
版　　次	2017年3月第1版　2017年3月第1次印刷
书　　号	ISBN 978-7-5499-6241-9
定　　价	39.00元
网店地址	http://jsfhjy.taobao.com
公 众 号	苏教服务（微信号：jsfhjyfw）
邮购电话	025-85406265，85400774　短信　02585420909
盗版举报	025-83658579

题　记

2016 年 11 月 30 日，联合国教科文组织在埃塞俄比亚首都亚的斯亚贝巴举行保护非物质文化遗产政府间委员会第十一届常委会，通过审议并批准，将中国的“二十四节气”列入联合国教科文组织“人类非物质文化遗产代表作名录”。

自　序

不说城市建筑工地上的那些农民工，也不说那些来自乡村在城市街巷讨生活的小摊贩，只说平日里出入于高档写字楼里的那些白领丽人和金领高管们，每到年底，他们中有很大一部分人都要将“回家过年”当作一件大事盘算一番、准备一番；俨然城市主人的他们，每到此时总会想起遥远而偏僻的某个山林小村或水乡小镇，想起那儿一个原本属于自己的“老家”；也只有到这个时候，人们才恍然，那些身后有一个“老家”的人是幸福而幸运的，这不但是因为他们的年总可以过得更隆重而多有仪式感，更在于他们的身后既有着一根牵扯人生的线，也有着一条深扎于乡土的根，而这根，决不是姜育恒所曾经以为的只“是一张张的票根”。

“老家”，说得文一点儿即“故乡”。在这儿“乡”就是“家”，“家”就是“乡”。一个人来到这世界上，也就自然来到了一个属于自己的“家”和“乡”，但是世界上又并非人人都有一个“老家”和“故乡”——“老”就是“故”，“故”当然“老”，所以“老家”和“故乡”是指“旧的”、“原来的”、“从前的”那个“家”和“乡”，并不是现在身处的“这一个”。

“树高千尺，叶落归根”，这是人们常用来形容人与故乡关系的一句老话。的确，如果把人比作一棵树，那么老家并不是树下那片现实的阴影，甚至也不是落着阴影的那片地面，而是地面之下的土壤、水分和养料，是树根与故土的不解纠结。树根扎得越深，纠结得越紧，树就会长得越高越大，此所谓“根深叶茂”。人与人生、世与世道何尝不皆如此！“乡村是城市的童年，童年是人类的乡村”，那些散落在中国大地上的大小乡村，今天与那些大小城市相比，确实是又贫穷又落后，甚至还不乏丑陋和愚昧，但是哪一座城市不是从乡村“长”大的呢！还有，这世界上的那些“大人物”，哪一位又不曾经历过无知童年而天生伟大呢？这或许便是人类为什么会有乡愁一说，且似乎永远也摆不脱它的根本原因吧？是的，一个个体的人既无法斩断自己的成长历程，人类也无法斩断自己的成长历程，一座城市，一个国家，一个社会，也同样无法斩断其成长历程。如果有宿命，这或许也是人类的宿命之一吧！

余光中说，“乡愁是一枚小小的邮票”和“一张窄窄的船票”等，那只是诗人“小时候”和年轻时的一种感受，乡愁原本绝不仅仅是因为“乡书何处达”的浩叹和买不到一张回家过年的船票、车票和机票而生出的愁苦！我们即使买到了那张“票”，又何尝能摆脱乡愁呢？

答案当然是否定的。央视近期播出了一档有关乡愁的系列电视片，说句实话，这片子做得很不错，只是我对于这“记住乡愁”的片名没少腹诽——对于一个人来说，乡愁是无需“记住”的，而是“从来不需要想起，永远也不会忘记”的，它是注定会纠缠你一生的！因为离开了故乡，我们便注定无法摆脱乡愁；而同时又因为乡愁，我们又一次次回到故乡；正是在如此离乡回乡、回乡离乡的过程中，我们渐渐长大，人生也与身边的世界一起渐渐改变。唯有离乡，我们似乎才能更好地懂得故乡；又唯有回到故乡，我们似乎才能凝聚更大的力量走出故乡，并走得更远。

有人曾不解地问：写下中华第一思乡曲《静夜思》的李白，既然那么想念自己的故乡，为什么就是宁可在外漫游也不回乡看看呢？是的，熟悉历史上的真实李白的人都知道，他似乎一年到头也没多少要紧的事，可是他为什么就不回乡去呢，而总在发出“乡关何处”的人生浩叹呢？回答这样的问题原本十分简单：回乡了的李白，没有了乡关何处的人生浩叹的李白，他还是李白吗？所以我们的人生需要离乡，但我们的人生同样也需要回乡！

当然，我们的回乡不能如当年的项羽，只是为了回去炫耀一番自己在外取得的成绩。想当年，项羽初占咸阳，人劝他以此定都，以求进一步巩固和发展，可是他竟急于东归故乡，说：“富贵不归故乡，如衣锦夜行，谁知之者！”最后结果众所周知，是功亏一篑，身死国灭，为天下笑，白白便宜了刘邦将一曲《大风歌》唱到了最后——当上了皇帝的刘邦原本也没忘记“衣锦还乡”，这一点他与项羽一样，只是他比项羽高明的一点是，知道还乡的时机和目的，所以他在高唱完“大风起兮云飞扬，威加海内兮归故乡”以后，终不忘告诫自己“安得猛士兮守四方”！

的确，乡愁的本质应该是人，甚至人类，在回望自己的成长历程时，自我安抚的慰藉与必要审视的痛苦两相交织出的一种复杂情感。我们当然不能如项羽一般被这种情感所绑架，我们不能因为生在故乡而人生的脚步就被永远地拴在故乡，更不能因为乡村是城市的童年而让我们的国家和社会永远停留在童年。我们需要长大，国家和社会需要发展，需要现代化。然而这一切，又不能以割断我们的乡愁为前提，因为“乡愁”这个汉语中的偏正词十分特殊：虽中心语素是“愁”，但那原本只是起修饰作用的“乡”，却又是“愁”的前提——“乡”一旦没有了，“愁”又从何而来？

我曾在网上看到这样一张照片：一个头破血流的农民，坐在一片瓦砾上，正与一台挖掘机对峙着，身后是他自书的“保卫家园”“誓与家园共存亡”之类的标语牌。我不能肯定这样的场景一定就是“强拆”，也不能肯定那个农民的头破血流到底是如何来的，更不能肯定那农民的行为一定是正确的；或许相反，眼前的这一切都是在“为了他好”……尽管如此，这样的场景让我首先想到、立即想到的还是自己的故乡、自己的家和自己的父兄。

我的出身与人生历程，让我深深知道故土和家园之于农民意味着什么，更深深地懂得农民对于故土和家园有着怎么样一份难舍的情感！进而我还禁不住想，那些“为他们好”的人，为什么就不能对他们更理解一点，更客气一点，更多做些解释、动员呢……千万不要以为我这样说是反对城镇化、现代化和国际化，相反，我对故乡这些年来在现代化进程上每取得一点点成绩都会感到高兴和欣慰，但是对于这一过程中又不时出现的一些现象甚至是问题，我同时又常心生忧虑。别的暂且不说，只说那里的所谓城镇化——似乎便是将农民原来的房子拆了让他们集中住进楼房，将他们原来种植庄稼的土地收并开发成高楼，将原来的田间阡陌一律铺上水泥、柏油……实际上故乡农民这样的“被城镇化”、“被现代化”，真的是他们需要的和欢迎的吗？在我几次回乡后见闻了许多人事后，在心中竟对此生出了一个大大的问号。农民对于“修桥补路”的人和事，历来都是给予再高度的道德评价而不以为过的，然而最近我回乡时，发现一条六车道的高等级公路和一条轻轨竟从故乡村口穿过，而村里农民在说起它们时竟然都摇头：“哪有这么多车跑哦？多少良田呵！真造孽！”也许有人会说这是农民的小农意识，但是在我看来并不尽然。

随着这条公路和轻轨的通车，我从谋生的城市回乡将更加方便，但是我却一点儿也高兴不起来。因为我知道，很快地，故乡农民的住房将被拆迁，已生长庄稼千万年的土地将从此不长庄稼，生活中的蛙鸣稻香，也将与“稻花香里说丰年，听取蛙声一片”的诗意一起成为历史，而我的故乡也将彻底陷落，而且这种陷落将一定是连同在那一方土地上世代生活的人——他们不但永远离开这块土地，而且注定一旦离开将成为一个没有故乡、没有乡愁的人。我自己当然也将是其中之一！

我的故乡正在陷落，我们的故乡似乎都正在陷落！俄罗斯诗人叶赛宁说：“我抵达故乡，我即胜利。”我们这些终将没有故乡可“抵达”的人，还有“胜利”的希望吗——这“胜利”当然绝不是一般国人所往往理解的衣锦还乡，因为这年头，“衣锦”者有几个还在想着“还乡”而不想着出国和移民的，而那些不得不“还乡”者又有几个是“衣锦”的！只是所有的人生终归有叶落的季节，而如此下去，我们人生的落叶，还有根可归吗？

“乡关何处”似乎注定将成为我们的宿命，好在我们心中还有一座故乡永远不会被拆迁，且我们精神的还乡任何人都无法阻挡！本书的写作便是我一次精神的还乡，同时我更想以此期待——

城里人留住乡愁，从把“二十四节气”当作一首小诗记住开始；乡下人珍惜乡土，从对应着“二十四节气”从容春耕夏耘、自在秋收冬藏开始；人老了回味乡情，从咀嚼阴晴雨雪、寒来暑往、日月经行的经验开始；青少年认识自然、了解世情、积累文化，不妨从读一读这本《节气 24 帖》的小书开始。

是为序。

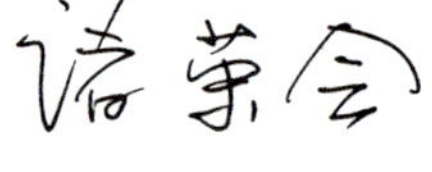

2016 年 8 月 26 日

目　录

春

立春　雨水　惊蛰
春分　清明　谷雨

一汀烟雨杏花寒

那个名儿唤作春的小女孩，虽然常怯生生地牵着夜雪的手悄悄走来，但总能将大地温暖成了一句“春雪如跑马”的俗话；这不，连打灯的雪，在大年夜里竟也融成了水，嘀嘀嗒嗒地滴落在早晨的屋檐下，如年节里一不小心就跌落的欢喜热泪。

春阳下，大地竟也泪光闪闪，激动不已，激动于那个名儿唤作春的小女孩早已出落成了大姑娘—山是眉峰聚，水是眼波横，柳丝则是系着春风的发辫。春风吹拂，芳草连天，鲜花盛开，那是她在向辛勤的农人发出的耕耘呼唤，是圣洁的少女在向自己最钟爱的男子不计后果地奉献自己的贞操。春雨过处，她更是激动得热泪在飞。

在横飞的泪雨中，春天虽然有花开花谢，有流水落花……但春没有错，花没有错，雨没有错，流水也没有错！当春光与鲜花相爱，注定留给这人间的，将是一部悲喜交加的活剧，错的只是太多太多的人没能读懂。

四季从春天又开启新一轮轮回，生命因春天而生生不息；四季轮回成岁月，生命不息成历史；岁月和历史因春天而永远不会被风干，因为春天毕竟是诗心的笔饱蘸浓情的墨，其为大地人间书写的永远是一首希望的诗，它属于夏天的成长、秋天的收获，甚至冬天的蛰藏和孕育。

春天里，板结的土地锁不住希望的种子，荒芜的原野抹不尽生长的激情。不必学林黛玉“手把花锄出绣闺”，应解开相思的缆绳，荡开出发的小舟，轻拂笼烟的细柳，任春风浩荡，任桃腮自破，任梨花成雪，随流水落花，与季节同行，驰向夏天里生命的海洋；从此以后，任日月阴晴圆缺——

“面朝大海，春暖花开”！

春

立春 雨水 惊蛰

春分 清明 谷雨

一汀烟雨杏花寒

故乡心思在立春

顺子嫂在一只大木盆前刮洗着一只猪头，那只猪头已被她刮洗得很白很白，而她的两只手早冻得通红通红，猪头的白与两手的红便形成了一种鲜明的对比。每刮一阵，她总要将袖子捋一捋，将猪头按进木盆中的水里去漂洗一番，当她的手按进水里时，嘴里总禁不住“喔喔”一两声，有时还自言自语：“咋还这么冷呵！这不快开春了吗？”

篾匠叔拖着一根从后山上自家竹林里砍下的竹子走在

经冬一叶今入春

回村的路上，神情充满了自豪，甚至像一位英雄。“还破新篾，不打算过年了呵？”有路人与他这样招呼，而他总是答非所问，并故意话说半截：“这不要开春了嘛！”有时还没等人家开口，他便生怕人不知道似的说：“这不要开春了嘛……”

“三子，三子，你见那把豁口铲锹了吗？”一大早，四爷就在院里对着三儿子的房门大声地喊。儿子显然是好梦被爹吵醒而有些不满，瓮声瓮气地回答：“爹呵，这大过年的，你找它干吗？”

四爷刚想说他要去麦地里理一理水，转念一想，这一冬无雨无雪的，麦地里自然是并无水可理，于是似乎有些理亏地放低了声调，也似话里有话地念叨了一句：“开春了！一年之计在于春呵！”

按老一辈的规矩，这“立春”日是要早起的，显然，四爷找铲锹是假，催儿子、儿媳早早起床是真。他说着把院门摔得“哐”一声响，便走了出去……

顺子嫂、篾匠叔、四爷嘴里所说的“开春”，便是“立春”。

只是因为有了春节，今天的许多人似乎都将这“立春”给忘记了，尤其是城里人，常以为春节是春天的开始。

其实，春节是“年”，是“新年”、“大年”……听老辈说，是一个叫孙中山的人，在建立民国后将公历作了中国的官方纪年，元旦自然也成了法定的“新年”，总在“立春”前后的农历新年，便改叫“春节”了；当年还有守旧人士为此而撰一联语以表讽刺和抗议：

男女平权，公说公有理，婆说婆有理；
阴阳合历，你过你的年，我过我的年。

的确，春节只是“过年”，并不是春天的开始，“立春”才是！这与“二十四节气”中“立夏”、“立秋”和“立冬”分别是夏天、秋天和冬天的开始一样。

如今过年，保护环境，不放鞭炮，只爆气球。

当然，这“立”字并非是“立马”、“立即”、“立刻”的意思，《群芳谱》中对“立春”的解释是：“立，始建也。春气始而建立也。”所以，并非“立春”、“立夏”、“立秋”、“立冬”一到，季节便真的如电影镜头的切换一般，呼啦一下就改变了。

的确，“立春”前后，往往是一年中最寒冷的时段，而人们对于“立春”的期盼，往往也随着寒冷的强烈而越发强烈和急切——越冷越觉得温暖的可贵，越冷越盼着春天早点到来！

“盼望着，盼望着，东风来了，春天的脚步近了。”这是朱自清散文《春》开头的话，而这样的话，应该是在“立春”说和说“立春”吧？

——春暖花开，万紫千红，春天是一出五光十色的大戏，“立春”就是这出大戏序幕的开启；

——春雨如油，大地复苏，春天是一场万物成长的大赛，“立春”便是这场大赛开赛的哨声；

——春耕春种，耕云播雨，春天是一场没有敌人的战事，“立春”便是这场战事的战前谋划和粮草先行。

所以古人有《立春》诗云：

东风带雨逐西风，
大地阳和暖气生。
万物苏萌山水醒，
农家岁首又谋耕。

顺子嫂终于将那只猪头上杀猪匠没有刮净的残毛刮得一根没有了，并且漂洗得白白净净——真让人难以想象，那又脏又黑的猪，原本是长着如此洁白的肤肉哩！这只猪头顺子嫂是用来迎春神、请菩萨的，所以一定要刮洗得如此干净！顺子嫂将猪头放进了一只托盘，又拿来两根大葱，让猪头的嘴巴左右各咬住一根（绝不能插在猪头的鼻子里，如果那样，岂不成了“猪鼻孔插葱——装象”了吗？），看上去如同这猪在生前吃葱的样子。猪头连同托盘被放到了堂屋上方的八仙桌的正中，然后再将一整只公鸡、一整只鸭子和一整条鲤鱼，放在猪头的四周，这迎春神的“四牲”就算是齐备了，女主人的任务至此也算是完成了，后面主持迎春接福的仪式，全是家里男主人的事了——如果女人此时还沾手，便是弄脏了“四牲”，神仙们便不高兴，也就不愿享用了，自然也不会降下春天的好运和来年的幸福给迎春接福的这一家人了。

只是这规矩今年顺子嫂打算要破一破了，因为本在省城打工的顺子哥夏天随工程队去了科威特，几天前才打回电话说，人家那边不过年，工期又紧，工程队便不放假了；还有，这回来一趟路费也太贵……

顺子嫂本想让儿子代替他爹主持自家今年的迎春接福仪式，但是在县城读高中的儿子说这都是封建迷信，怎么也不肯干，于是顺子嫂只能自己来了，她相信这神也是通情达理的，要不还怎么能算是神呢！

由于全村只有篾匠叔一个篾匠，所以村里每年都要举行的“打春牛”仪式上的那头竹篾扎成的“春牛”，自然都由篾匠叔扎制。如今塑料制品无孔不入，篾匠活已是一门在乡下越来越走向没落的手艺了；再加上篾匠叔有点残疾，所以他平时在村里也没什么太高的地位，唯有每年要“打春牛”时，

走向春天

他在村里的地位似乎才突然间显得重要起来，不但这头被人鞭打的“春牛”由他扎制，而且也因这“春牛”出自他的手，所以宣布仪式开始的那一声在乡村上空回荡许久的“开春了”也由他领头喊出。这在篾匠叔看来是一种无上的光荣呵！

扎制“春牛”的竹篾必须是新篾，且是同一根竹子破出的，篾匠叔为此每年都会在自家竹林里留一根最好的竹子，到“立春”前几天才现砍、现破、现刮、现扎，所以，就算是一千个人忘了这“立春”日，篾匠叔也忘不了。当他从竹林里拖着竹子走在回村的路上时，他岂能不向所有人一次次提醒，自然又岂能不像个英雄！

只是让篾匠叔有点不满的是，这原本在“立春”日举行的“打春牛”仪式，现在改在春节期间举行了，因为“立春”日与春节重合的年份毕竟不多，多数年份都是在春节的或前或后——在前，外出打工的村民们多数还没回来；在后，多数人又已出门了，这样村里便少了人气，而少了人气的“打春牛”还有什么意思呢？于是只好改在春节趁大家都在家时“打春牛”了。其实，随着“过年”改叫“春节”后，即使是在乡下，“立春”的风头也似乎早就被春节抢去了，人们把许多原本在“立春”的习俗都移到春节办了，除了“打春牛”，还有迎春神、发春帖、抓春、咬春等等，这些原本都是“立春”节气的习俗，都移到春节了。然而，篾匠叔总觉得这样欠妥，“打春牛”开始的那一声“开春了”似乎也喊得没有以前响亮了，因为他总觉得自己是在说谎——明明“立春”或还没到，或已过了。为此有时他会发发牢骚：

“乱了，乱了，现在一切都乱了！”但发过了明年到时还是一样为此忙得屁颠颠的。

“乱了，乱了！”这也是四叔常说的一句话——当“雨水”节气里没下过一场透雨时，当“小雪”、“大雪”节气里只下了两场小雨而没下一场雪时，当时至“处暑”天还酷热难当时……

走出了院门的四爷，走出了村子，发现田野里除了自己一个人影也没有，心里便牢骚道：“这老辈的规矩全被忘了！”他来到了自家的麦地边，先是绕着麦田走了三圈，然后蹲下身子，用手轻轻地在那似乎稀疏了点儿的麦苗上抚了抚，如同抚弄着自家孙子头上的那疏软的胎毛一般。他抬头看了看天，轻轻地叹了一口气，又用手在麦垄上扒拉了几下，拣起一团不大的土块，在手心用力一捏，摊开手，土块竟然碎了一巴掌；他又把这碎土双手捧了凑到鼻子前闻了闻，又长长地叹了一口气，因为他没有闻到那希望闻到的潮湿的气味。的确，此时地里的麦苗很需要水了，去年冬天虽说下过几场雪，但是都很小。

其实，若在从前，遇上这样的年份，四爷并不担心，甚至还有点窃喜，因为虽然有“瑞雪兆丰年”一说，但也有古语：“干冬湿年，快活做田。”意思是说，整个冬天雨雪虽然较少，只要到过年前后能有适量的降水，这样的年份是不需要庄稼人费太大的力气也能获得好收成的。所以每遇这样的年份，农家还常贴出这样一副春联以讨口彩：

一冬无雪天藏玉；
三春有雨地生金。

的确，让人担心的并不是“一冬无雪”，而是是否“三春有雨”！

去年下半年，四爷有意无意地从电视上知道了，这原本“小雪”、“大雪”节气必下的雪，竟然都下到人家美国去了，下得美国人家几乎家家都大雪封门，并且还听说这都是一个叫厄尔尼诺的外国人捣的鬼。只是他不明白，这厄尔尼诺怎么有这么大的能耐呢，能让老天听他的话？对此四爷一直半信半疑，他始终还是相信“人勤地不懒”、“人勤春更早”等古训。但是他确实也有些担心和疑惑，这世界似乎真的一切都在变，虽说不知道变得是好还是坏，但有一点可以肯定，确实是变得越来越乱了：该下雨的季节不下，不该下雨的时候老下，且这样的雨，又常常下得果园里的果树一个果不结，下得菜园里的辣椒、茄子掉落一地，更严重的是让小麦、水稻颗粒无收；俗话说“弄鱼弄虾，误了庄稼”，可村东头的二狗，整天游手好闲不务正业不说，还把他家几亩上好的鸡口田挖成水塘养鱼养虾，竟然盖起了楼房，开上了汽车，他原本在村里也就是一个瘪三，现在竟成了村里的能人！还有村西头的老李家媳妇，不好好在家待着相夫教子，竟领着一群大姑娘小媳妇在村里祠堂前天天跳什么广场舞，如此伤风败俗，竟然还上了市里的电视和省里的报纸……

这些事，使得“乱了，乱了”几乎成了四爷常常挂在嘴上的一句口头禅，但是他并不想多管这些闲事，因为他相信“各人头顶一方天”，“人在做，天在看”，可是让他越来越担心的正是这天——天如果乱了方寸，这人还有活路吗？

四爷在麦田地里转了半天，有点百无聊赖。当他回到家里时，三儿子夫妇竟然还没起床，他想发火，但是老伴向他使了使眼色，再想这三儿子、儿媳毕竟新婚燕尔，且这“立春”日又恰在年节里，起床确实也并无什么事可干，老辈们立下这“立春”日早起的规矩也只是

春来细草鸣黄犊

个象征性的，于是他终没作声，转身去厨房先吃早饭去了。

“立春”日照例要吃春卷，老伴早已做好。所谓春卷，即用面皮做成的一种油炸菜卷：将各种野菜用刀剁碎，加上鸡蛋等，用面皮卷成卷，再下油锅里炸熟。春卷虽既不算珍贵，也并不特别好吃，但是“立春”日是必吃的；且吃的时候不能用筷子夹，而是直接用手抓着吃，意在讨个口彩：“抓春”，即“抓住春天”——“一年之计在于春”嘛！若口味嫌淡，可蘸点盐，而绝不兴蘸酱油或蘸酱。四爷在用春卷蘸盐时，突然发现盐钵中似乎有点“还潮”，再转头看了看厨房的老柱础，似乎也有了“汗意”，禁不住有点疑惑——还没到梅天，咋就有梅天下雨的征兆了呢？难道这天真是乱了？但再转念一想，管它呢，这“立春”之日只要有雨就好，庄稼总是喜欢的！

看来这季节和节气终究都没有太乱！

看来老天毕竟还是老天呵！

2016 年 5 月 25 日

雨水凉，雨水暖

“入春的天，孩儿的脸”，说翻就翻。

刚刚还蓝天白云，丽日当空，忽然间便天低云重、泪落雨下了；刚刚被阳光晒得有些还阳的世界，转眼间就被淋得又湿又冷；又湿又冷的当然还有人们刚刚入春后回暖的心情。

“唉，‘雨水’了嘛，天气就是这样！”此话并非抱怨，道的倒是实情。

“雨水”是入春的第二个节气，虽说入春后的天气一日暖过一日是自然规律，但是对于人来说，也只是一种基于多年经验的判断，切身的直感其实并没那么明显；相反，当人明显感觉到今天的太阳照在身上比昨天暖和多了，今天风吹在脸上也不如昨天那样刺骨了，今天穿在身上的棉袄也似乎有点穿不住了，那就意味着天就要变了，说不定就在今晚，最多明天、后天，就会有冷空气到达，就会有雨落下，甚至下雪也不算稀罕——似乎

水上人家雨中寒

一夜之间便又过回了冬天。俗话说“春冷如柘刺”，这不为别的，只因为此“乍暖还寒时候”，常常让已感受到了春天温暖的人们“最难将息”。

然而这是没办法的事情，先哲早就说过，这人世间的所有事情，都注定是鱼和熊掌不可兼得的，有所得必有所舍，此所谓“舍得”；“有所为有所不为”，才能最终“有为”。时至“雨水”，树木已怯生生地发芽，庄稼则已大张旗鼓地返青，农民更早已将闲置了一个冬天的犁、耖、耙、锄整理好，大地已过了“草色遥看近却无”的阶段，春天的脚步已然迈开，此时，只需要一两场春雨——春雪也行——其脚步就会加速，所以，我们得需要暂时忍一忍这一节气中的乍暖还寒、寒如柘刺和心冷情湿；再则，这“雨水”节气中的雨、水既是自然的安排，这种安排本身或许便是在给你关上一扇门的同时正为你打开了另一扇窗，而我们所应该做的，或许就是要暂时忘记这初春阳光的温暖，去聆听和感受这“雨水”节气中雨、水给我们的人生启示！

虽然是春天的雨了，但是被风吹到脸上，感觉仍还是那么的冰凉——雨似乎永远都是凉的，即使是夏天的热浪现催现生出的雷阵雨，一旦被它淋着，乡下人都知道，那是最易让人着凉的。但是“雨水”的本质又是温暖的，不是吗？我们的“身上衣裳口中食”，说到底都是由“雨水”滋润和浇灌出的；只不过能体味和享受“雨水”温暖的，除了那些“青箬笠绿蓑衣，斜风细雨不须归”的人，或许只有那些如白素贞一般幸运地向许仙借到了一把雨伞的人，以及雨巷中等来了撑着油纸伞如丁香一般的姑娘的人。当一把小小的雨伞，在人生的风雨中撑出一方小小的晴空时，有时与其说这方晴空是雨伞撑起的，还不如说是“雨水”造就的哩！所以白素贞要想向许仙借得伞，她就得先作法让天下雨——没有雨，平时矜持的她如何能走进那一方小小的晴空，如何能与他走得那么近？她与他一旦如此在一把伞下走着，纵然冰凉的“雨水”把衣裳打得越湿、浸得越凉，而心里却越温暖，于是他们便不希望这雨太快就停下……而当这雨成了他们共同的记忆时，他们人生的路上共同拥有的那把无形的伞，便足可以抵御一生的风雨了。

不过，尽管如此，现实生活中的雨天本身还是很难让人心生喜欢的，且不说对于那些“屋漏偏逢连夜雨”的寒士，也不说之于游子那泥泞的道路、迷茫的前程，只说之于一般人，雨天，尤其是春秋季节的雨天，那种飒风四起的氛围和寒意彻骨的感觉，都是让人很难喜欢的；那夏日的黑云翻墨、白雨跳珠，常携着狂风、雷电，来时“黑云压城城欲摧”，去后“望湖楼下水如天”，来去之间如世界末日一般，更是让人心生恐惧而难起喜意；然而，我们谁又能否认，淫雨之美不就在于它的绵长、重复和执着呢？豪雨之美，不就在于它的酣畅、淋漓和数量呢？“重要的事情说三遍”，这是如今互联网时代流行的一句热语，可见同样的一句话，若被千万次、无数次地重复叮咛，再干涸的心田也会柔软和湿润的吧！

而“雨水”节气的雨、水，具有的正是这样一种精神！

“雨水”节气的雨虽然一般并不太大，往往都只是淅淅沥沥、淅淅沥沥，此正如那叮咛之絮絮叨叨、絮絮叨叨，然而“润物细无声”、“朝雨浥轻尘”的最终效果，竟然是“花重锦官城”、“客舍柳色新”。是的，寒冷的雨虽然赶走了天上的太阳，抹去了空中的明艳，让已进入春天的世界变得一片湿漉漉、灰蒙蒙，让我们对色彩渴望了一冬的眼睛大失所望，但是无意间我们的耳朵却变得更加的灵敏。对于一位老戏迷来说，“看戏不如听戏”，其实，对于一位热爱生活，也懂得生活，更懂得人生的人来说，雨也是不适合看而更适合听的：“少年听雨歌楼上，红烛昏罗帐。壮年听雨客舟中，江阔云低、

小雨如酥春水暖

断雁叫西风。而今听雨僧庐下，鬓已星星也；悲欢离合总无情，一任阶前、点滴到天明。”

当然，有如此听雨雅兴的多是文人，农人一般是不会有的，他们在“雨水”节气的雨天里，因为事实上并无多少农事可忙，多数人常常或去村中的公屋里闲聊，或去镇上的茶馆里，叫上一碗茶，听听山海经，说说八样话，喝着喝着，听着听着，说着说着，雨便停了，天便黑了，无所事事的一天便过去了。在这个世界上，文人与农人要算是最辛劳的人了，所不同的是，一个劳心，一个劳力，而最应该感谢雨天的正是这文人与农人，是雨天让注定一生辛劳的他们，竟同时也有了无所事事的时候。

作为一个从农民家庭走出来的半个文人，农民的基因让我在雨天最爱泡上一壶茶，坐在窗下看着雨慢慢地喝；文人的习惯又让我的思维在淅淅沥沥的雨声中最为活跃，平时读过的一些与雨相关的句子常常会在此时一股脑儿地跑出来，自然也牵得那些为雨留下了千古华章和不朽名句的历代才子们，在我眼前出没，甚至有时他们中竟也有人因此而坐下与我对面品茗起来。

“昔我往矣，杨柳依依；今我来思，雨雪霏霏。”这诗句中的雨、雪，应该就是“雨水”节气中的吧！我常常想，“二十四节气”中之“雨水”，应该不是并列关系的“雨和水”的意思吧！如果是这样，这个节气的名称就太平庸了，而我们的祖先是不可能如此平庸的！且不说“二十四节气”的背后所隐藏着怎样的大智慧，只说那一个个节气的名称，没有一个不散发着斐然的文采和盎然的诗意！因此，我以为“二十四节气”中之“雨水”应该是动宾结构的“雨水”，即“雨”为动词“落下”的意思——我老家至今还将普通话中的“下雨”说成“落水”；再则，“雨水”节气里事实上从天而落下的有时并不只是雨，还有雪，而雨、雪本质上不都是不同形式的水吗？也正是因此，今天的气象学中仍然以“降水”一词来统称“降雨”“降雪”。《诗经》中写下如此优美诗句的无名氏应该首先是一位农民吧？因为《诗经》中的许多诗篇的作者都是农民，但是谁又能说他不也是诗人呢？他就是那为“雨水”写下了最早诗篇的诗人！

最愁苦的雨应该是李清照笔下的吧！或许是历史和

命运有意要成就这位中国历史上最伟大的才女，才一下子将国破家亡的双重痛苦突然间一齐降临到她的头上，独困金陵城中的她，在一个雨天的黄昏，“寻寻觅觅，冷冷清清，凄凄惨惨戚戚”，其中的滋味，“怎一个愁字了得”！

最清冷的雨应该是柳永笔下的吧！“对潇潇暮雨洒江天，一番洗清秋”，“寒蝉凄切，对长亭晚，骤雨初歇”……

“黄梅时节家家雨，青草池塘处处蛙。有约不来过夜半，闲敲棋子落灯花。”赵师秀这首《有约》中的雨，应该是最闲适的雨！

“君问归期未有期，巴山夜雨涨秋池。何当共剪西窗烛，却话巴山夜雨时。”李商隐这首《无题》中的雨，应该是最温馨的雨！

总之，诗人笔下的雨，多数都或是为了营造一种朦朦胧胧的意境，或是为了唤起一段湿湿漉漉的情感，或是为了引出一番缠缠绵绵的夜话……

然而，也有例外，如杜甫诗歌中的雨，如知堂老人散文中的雨。

杜甫笔下的雨是矛盾的。当“雨水”适季，万物滋润，诗圣激动无比、欣慰无比：“好雨知时节，当春乃发生”；当他“茅屋为秋风所破”，“床头屋漏无干处，雨脚如麻未断绝”，雨带给他的除了现实的困境，还有人情冷暖和世态炎凉；但是难能可贵的是，尽管如此，他发出的呼唤仍然是“安得广厦千万间，大庇天下寒士俱欢颜，风雨不动安如山”；甚至现实中的个人痛苦，一点儿也不影响他对于天气阴晴雨霁的关心："鸡鸣风雨交，久旱雨亦好"，"皇天久不雨，既雨晴亦佳"……

《雨天的书》中的雨是虚伪的。单看书中的篇目，《怀旧》《初恋》《喝茶》……这些题目下的有关内容，的确都是些很适合在雨天进行的事情；甚至翻到这些文字读一读，我们也确实难以否认，这样的文字也的确很适合在雨天来读，闲适、冲淡、自然，但是，只要我们一想到，躲在北京"苦雨斋"里的周作人在书写这些文字时，正是"中华民族到了最危险的时候"，其现实身份竟然是一个认贼作父的汉奸，于是，再回看那闲适、冲淡、自然等等，感觉他不是自欺欺人又是什么！

"雨水"——雨落在大地上而成为水。水是最柔软的，也是最坚硬的，所以才有水滴石穿之说；水是最干净的，能洗去种种污秽，所以才有"水不污物"和"水不脏人"之说；水最无形而散慢，也最团结而有力，因此才有载舟覆舟之说。雨和水，或许是上天赐予人类的最珍贵的馈赠，水是地球上所有生命之源，如果没有了雨、水，今天的地球也只是宇宙中的一颗普通星球吧！所以今天许多想为人类和地球寻找到宇宙邻居的科学家，日日在浩瀚宇宙中寻找的首先就是水。的确，一滴水中不但可以藏着太阳的碎片，也隐藏着生命的密码和太多的人生启示。

然而，人们对于雨、水似乎有着太多的忽略，俗话说"一方水土养一方人"，但人们对于乡土的热爱显然是超过水的，人们把更多的赞美的诗篇都献给了土地，甚至离乡和去国时，在行囊中常常会带上的是一把乡井土，而绝不会是一瓶水；对于雨、水，似乎只是在它与季节失约时人们才想起它来；生活中常常只是将它作为一种人生的背景而已，清代的张潮在《幽梦影》中对此还有总结：“春雨宜读书，夏雨宜弈棋，秋雨宜检藏，冬雨宜饮酒。”你看，其实在他那里，兴趣和目的全在书、棋、藏和酒上，至于雨，无论是哪个季节的雨，只是人生中一个较善于讨巧投机的媒娘罢了。雨既如此，水更亦然，不，作为人生的媒娘，水甚至连个巧也没能讨得。不是吗，看生活中一些明明是人的不好，结果连带着受责的竟然是水：一个女人用情不专、见异思迁，人便骂其“水性杨花”；一个男子汉大丈夫说话不算数，满嘴跑火车，人便骂之“水嘴”；市场上的所有假冒伪劣商品，统称为“水货”……水就是这样无过受责。

寒雨连江图

然而，尽管如此，每年时至“雨水”，雨、水一般都仍如期而至，决不失约！

2016 年 5 月 27 日

九九艳阳催惊蛰

九九的艳阳，已让枯槁一冬的桃枝鼓出了花苞，只等春姑娘的脚步近些，再近些，它就可开出今春的第一朵桃花，飞上春姑娘的脸颊；

柔柔的东风，已让性急的黄鹂飞上了返青的柳枝，只等枝头新绽的绿意重些，再重些，它就可为独步寻春的诗人，唱出一曲春天的歌；

蒙蒙的细雨，已让被季节下岗的布谷鸟再就业成功，只等农人犁开的新泥湿些，再湿些，它就可发出今春第一声命令：布谷、布谷……

然而，所有的等待，都只待那一声春天的惊雷！

那一声惊雷，便是“惊蛰”二字最容易给人的语义联想！

作为一个词汇的“惊蛰”，并非只因其动宾结构才使得它成了“二十四节气”名称中最生动的一个，更因为隐藏在这两个方块汉字背后的日子、时序和季节，从万物复苏，将走向春暖花开；从小雨如酥，将走向春潮涌动；从蛰虫惊醒，将走向莺歌燕舞……在这个特殊的节令里，有些地方，大地还是一张素笺，最多只水印了一点儿“遥看近却无”的草色，但是只要在上面写下这两个汉字，揉进其中的思绪，就会与春雪共舞，与桃李共艳，与黄鹂共鸣，与布谷共唱。

《月令七十二候集解》：“万物出于震，震为雷，故曰‘惊蛰’。是蛰虫惊而出走矣。”其三候：“一候桃始华；二候仓庚（黄鹂）鸣；三候鹰化为鸠。”而三候所代表的花信为：“一候桃花，二候杏花，三候蔷薇。”

“惊蛰”是春天的第三个节气，如果说“立春”、“雨

蛙声十里春之声

水”只是为春天拉开了一下序幕，那么至此的春天才真正开始有声、有色——那“声”除了黄鹂、布谷的鸣唱，还有那震彻乾坤的雷声，还有那冰雪消融的嘎嘎叽叽，溪水流淌的叮叮淙淙，当然还有老农耕田耙地时吆喝耕牛的哦哦哦、驾驾驾……那“色”除了呼之欲出的桃红、更带朝烟的柳绿，还有那解冻后的水面上、阳光下的清亮亮，返青后的麦田里、春风中的绿油油，当然还有刚出壳的雏鸡雏鸭毛绒绒的鹅黄乳白……就在这有声有色的节气里，那绽绿的杨柳，吸足了天地的春色，牛背上的牧童将用它做成一支柳笛，在春风中把这个春天吹得更响；还有那含苞的花蕾，把那一月的风、二月的雨，再做一次深深的吐纳，那斗草、对花的村姑，就可把这个春天唱得更红；甚至二月的飞雪，鼓荡着隆隆的雷声，更震落一地的呢喃，喝令那躲到乌云背后的太阳，做出“飞雪化春水”的承诺，将这个春天滋养成一幅画、一首诗、一支歌……

“二月莫把棉衣撤，三月还下桃花雪”，“惊蛰”还在“九天”中；人们总爱说“数九寒天”，但是同时人们又惯称“九九”为“艳阳天”；九九艳阳下的“惊蛰”，已没有太多的寒意，有的是太多春天寄予的深情与渴望：

造物无言却有情，
每于寒尽觉春生。
千红万紫安排着，
只待新雷第一声。

清人张维屏此诗，想来便是为“惊蛰”所写吧！的确，“惊蛰”的雷声是大自然最深情的呼唤，而最先聆听这呼唤的正是那回春的大地，因为每年都恰恰从“惊蛰”开始，即使是大地上那些被人骂作“不可雕”的朽木，身上也会生出木耳——那不正是大地在聆听春雷的耳朵吗？所以，在这个节气中，“惊”醒的岂止是那些在地下的“蛰虫”，而是整个大地，以及大地上的所有生灵、芸芸众生！

芸芸众生中，孩子们自然是最敏感的一群，最先被“惊”的总是他们，他们牵着细细的线，在刚刚解冻的土地上迎着春风奔跑，将爷爷为他们手扎的、本打算留到“春分”日才放的风筝，连同爷爷的期望一起放飞到高高的天空。天空阳光灿烂，天空有鸟儿飞翔，于是，“惊蛰”节气中，阳光与飞翔便成了爷、孙两代写在天空中的梦想。

“惊蛰”图

“惊蛰”的节气中，被惊醒的更多是希望和梦想！

“惊蛰”节气有时会适逢“二月二，龙抬头”，这一天，人人都要剃头理发，尤其是孩子，理发叫“剃龙头”；再勤快的女人这一天也不得动针线，恐伤了“龙睛”；男人这一天也不能去水井打水，怕触了“龙头”，为此得在头一天就将家里用水贮满。人们在这一天要吃面条、水饺、春饼、馄饨、爆玉米花等，但是这些东西在这一天都改称“龙须”、“龙耳”、“龙鳞”、“龙眼”、“龙子”等。望子成龙，永远是中国人，尤其是中国农民最朴素、最恒久、最崇高的梦想。

当然，他们最现实的梦想还是丰收，是富裕，是健康。在中国广大的北方地区，都有“惊蛰”节气吃梨的习俗。其实梨子被保存过冬又入春，早已失去了它当初的新鲜，但只因为“梨”与“犁”同音，吃梨，便意味着一张张春犁，将把田间的沃土与冬眠的“蛰虫”们一起犁翻，让黄鹂和布谷一起，嗅着新鲜泥土的气息，纷纷飞来，啄去害虫，留下益虫，以期春天播下的希望种子，秋后能有一个丰硕的收获；还因为“梨”与“离”也同音，吃梨，便意味着一份执着，一种期望，一种祝愿：病虫病毒远离、疾病灾难远离……

“二月‘惊蛰’抱蚕子。”这流传在中国江南广大地区的一则农谚，意思是说，时至“惊蛰”，便可孵化蚕卵了。记得在我老家，“惊蛰”节气都要迎“蚕花娘娘”。虔诚的农民，相信那为他们吐出财富的蚕儿，都是上天一位善良女神所赐，她便是“蚕花娘娘”；只有每年春天将她迎回家来，才能开始养蚕，因此，这迎“蚕花娘娘”的习俗，实际上也是开始养蚕的一个仪式。迎过了“蚕花娘娘”，各家各户便要将生满蚕卵的一张张白纸，或拿到蚕房烘，或拿到阳光下晒，几天过后，比小半粒米还要小的白色蚕卵便会生出小小的蚕儿，起初小得人肉眼几乎看不见，但是只要一“出风”，它们便会长得很快。因此，“惊蛰”节气中，对于江南农家来说，最惊喜的事情莫过于某天的清晨或午后，蚕房中忽然传出“出蚕了”的呼喊，那便意味着一个希望的已然实现和又一个新的希望的开始。

时至“惊蛰”，被惊醒的还有人们因吃了一冬咸菜、腊肉而有些麻木的味蕾。俗话说：“一月葱，二月韭。”葱虽然正月就上市了，但是它说到底只是个菜的“香头”，本身并不能当菜吃；而韭菜在“惊蛰”节气便可割下头一刀了，因此，韭菜应该是一年中最先上市的蔬菜了。“惊蛰”时节，“夜雨剪春韭，新炊间黄粱”，不但是农家生活的普通场景，而且竟也是诗人们所喜欢的一种生活姿态，所以中国古代诗人间有“剪韭之约”一说，即三五好友相约，小聚于寒舍农庄，炒几样时蔬，烹一二荤腥，小酌几杯，叙叙旧，解解馋，亦即俗人所谓之“打牙祭”。的确，春天的韭菜最鲜嫩多汁，是百蔬中最有资格充当诗人们尝鲜对象的了；再则，春韭又因其凝结了整个冬天的精华，又被春雨滋润起了一种生命的欲望，所以不但被誉为“春菜第一美食”，还有别称“起阳草”或“壮阳草”，或许也正是因此，常吃和多吃韭菜，在益肝强脾、补肾补阳的同时，也有利于催发诗人们的诗兴和激情吧！

时至“惊蛰”，虽然季节还没有奉上太多的瓜果蔬菜，但对于孩子们来说可吃的已有一些了，再往后便越来越多。“惊蛰”往后，最先让孩子们尝到的“地头鲜”大概算是榆钱儿了。和煦的春风里，爬上高高的榆树，捋下一把嫩嫩的榆钱，坐在树杈上先吃上一口，让那些不会爬树的孩子在树下看着直咽口水。捋下的榆钱带回家，掺在米中煮出的榆钱饭，有一种特殊的清香。再往后槐花也开了，赶紧去摘下一把尝尝，因为只有初开的槐花才能吃出甜味，只要再过几天，便只能交由蜜蜂去采粉酿蜜了。等家里的蚕宝宝越长越大，吃起桑叶来也越来越厉害了，桑叶需每天一早带着露水去采，这样采下的桑叶才又鲜又嫩，蚕宝宝才爱吃。孩子们积极去桑田采桑叶，其实都有点醉翁之意不在酒，而在于那桑树枝叶间的桑葚。“桑葚”是《诗经》里的名字，乡下的孩子都叫它“桑果”或“桑子”，桑果如果也算是一种“果”的话，它应该是乡下孩子春天吃到的最早的新果了，因为此时离春天最早成熟的枇杷、梅子、杨梅等水果还很早哩。桑果最初是青的，再后来变成红的，红桑果就可吃了，只是其味道特酸，只需一颗便会酸得人口水直流，如果口渴难忍，倒正好！当桑果由红变得乌黑时，

春江水暖鸭先知

便意味着它完全成熟了，此时的味道也有一点儿酸，但更多是甜，倒正应了今天一则儿童营养液的广告词：“甜甜的酸酸的，有营养味道好。”而事实上，今天喝营养液的孩子，是绝不可能喝出桑果的味道和营养的。

“惊蛰”，被惊醒的往往还有乡村的往事和童年的记忆，哪怕你已离开了乡村和乡土多年，哪怕你已进入了人生的晚秋甚至隆冬。

2016 年 6 月 3 日

春天的一道分水岭

每当二婶让虎哥去村外的田野里连根拔一些开花的荠菜回家时，我就知道“春分”到了。

荠菜，是江南春天最常见的一种野菜，也是乡下人最常吃，也觉得最好吃的一种野菜，可用来做馅炸春卷、包饺子、蒸包子，也可直接凉拌、清炒……只是荠菜一旦开花，便意味着老了，不好吃了。

据说，“春分”日用连根带花的荠菜煮带壳的鸡蛋，有“头风”（一种头晕病）的人吃了可以得到治疗，没有的人便不会再生这病；只是这荠菜花得一定要属老虎的男孩子从地里拔回家，其他人拔的便没有这功效。为此，属虎的虎哥在我面前很是骄傲，因为我虽然在学校读书的成绩比他好，但比他小一岁，因此便属兔而不属虎，我的生命也便没有这一“特异功能”了；我为此还真的自卑了许多年，甚至恨了自己的父母许多年——为什么不早一年把我生下，也让我属虎，也好具有这种“特异功能”呢！

只是随着年岁的增加，发现荠菜花煮鸡蛋村里人几乎年年吃、人人吃，但是“头风”病并没在村里绝迹，便渐渐地对这荠菜花与属虎男孩子的“特异功能”都不太相信了——想来人们之所以保留这一习俗，也并不是真的相信其“特异功能”，或许仅仅是以此为“春分”这个特殊的节气增加一种隆重度过的仪式感吧！

春江何人初见月

我与虎哥的确就因为这一仪式，便都很早就记住了“二十四节气”中“春分”这个节气，也记住了事实上属于这个节气的荠菜花，乃至许多年后，当我读到辛弃疾“城中桃李愁风雨，春在溪头荠菜花”的词句时，突然觉得那白白的、碎碎的荠菜花，那在春天的万紫千红中太不起眼的荠菜花，那平常原本朴素、谦卑得似乎已有几分贱态的荠菜花，竟也是一种很有资格代表春天的花！

的确，荠菜花既能代表“春分”，便也能代表春天，因为“春分”原本最能代表春天！

《月令七十二候集解》云："二月中，分者半也，此当九十日之半，故谓之分。"也就是说，"春分"，是春季九十天的中分点，自然是最能代表春天的节气。

"春分"，昼夜等长；

"春分"，寒暑平分；

"春分"，阴阳相半；

"春分"，意味着"不偏不倚"，是整个春天的一道分水岭；

"春分"，意味着"中庸平和"，是最得了中庸之道的一个节气。

或许正是为此，用荠菜花煮过的鸡蛋，是最能"立"得起来的——煮前往往让孩子们进行一场"立蛋"比赛，所以我老家便有"春分到，蛋儿俏"的俗话。

疑是花开

所谓"立蛋"，就是慢慢地将鸡蛋竖立在桌子上稳定住。

众所周知，鸡蛋是一种不规则的椭圆形，蛋壳又是硬的，要将鸡蛋在不打破蛋壳的前提下竖着站立在桌面上，是一件很不容易的事情，必须要使之保持一种巧妙的平衡；这对于竖立者来说，既是对其平衡感和稳定感的检验，更是对其耐心和细心的一种考验。总之，要做到不偏不倚，不急不缓，不温不火，心平气和……才能做到吧？按比赛规则，谁“立蛋”多，当然便可多吃；按老辈说法，谁“立蛋”又快又多，预示着谁的前程更好。只是谁又能搞清楚，那些“立蛋”的优胜者，到底是因为他们本来就是个做事不偏不倚、不急不缓、不温不火、心平气和的人呢，还是真的只是因为多吃了这能立起的蛋以后才变成一个这样的人——当然也是远离“头风”的人的呢？或许我们的祖先，只是用这种方式，让人们在“春分”这个特殊的节日里能保持头脑清静、心平气和，至少是不发热、不发晕、不发昏吧？

是的，“春分”虽说是一个很好地体现了“中庸之道”的节气（“秋分”也是，“秋分”过后，天气渐冷），毕竟“春分”过后，这季节的天平便会开始渐渐倾斜了，且倾斜方向是温暖、阳光和成长——甚至疯长；这当然是大自然的一种必然，也是一种需要，但是也不可否认，这也常常会让人们也跟着头脑发热、发晕和发昏，因此，在这“春分”的节气里，在这平衡的节点上，人们提醒自己保持平常心便十分重要。

“立蛋”的游戏当然是一种提醒，但所有提醒最终都还是应该体现和落实在田间地头的农事中吧！“春分”节气，所有农事，似乎都是一些看起来不急不缓的活儿；但就是这些不急不缓的活儿，不急的恰恰急不得，不缓的又恰恰缓不得。

例如摘茶。在“春分”节气中的所有农活里，看起来摘茶是最急的了，雨过天晴，沉默了一冬的茶树，枝头终于冒出了新芽，此时将它摘下制成新茶，被称为“明前茶”（意即“清明”之前的茶），是品质最好的春茶，如不及时摘下，它过一两天就会“老”了；尽管如此，摘新茶也是个很考验人细心和耐心的活儿——只能用两指尖掐“一旗一枪”（所谓“旗”就是叶，“枪”就是芽），不能大把满手抓——那样不但摘下的芽叶大小参差，做不出上好的春茶，而且会伤害茶树。

例如种树。这看起来是所有农活中最不急的事情了，因为这树的成长并不像庄稼那样只以季生长，而是以年、十年、百年计成长期；然而农谚道：“二月‘惊蛰’又‘春分’，种树施肥耕地深。”还有：“夜半饭牛呼妇起，明朝种树是‘春分’。”可见，这种树原本也不能任意拖延、错过节气。

摘茶和种树当然是两种过于极端的活计，“春分”节气中的一般农事，大多都是一些不必太急，也不能太缓的活：雨天多了，地里得理一理水；雨天太少，庄稼得浇一浇水。播下的种子，气温下降了，得覆上地膜或草席保暖；气温上升，则须及时把它们掀开。小麦、油菜等越冬作物，进入“春分”后生长加快，水肥都要适时、适当跟上，农谚道：“‘春分’麦起身，肥水要紧跟，一刻值千金……”

“春分”时节，能与农人一比勤劳的，大概唯有那一只只翻飞的春燕了！

《逸周书》上说，“春分”节气，“一候玄鸟至”，玄鸟即燕子。归来的燕子，开展的第一项工作便是筑巢——用它小小的嘴巴，一口一口地衔来春泥，这工作在我们看来是多么的浩大！但是燕子似乎一点也不着急，着急的只是我们人类，她只是不急不缓地、有条不紊地、按部就班地建筑着，似乎并不管进度。“春分”过后，雨水多了起来，它们的香巢竟然正好筑成，不早不迟！

如果说荠菜花用一种朴素和恬淡标注了“春分”节气在空间方面的不偏不倚，那么春燕的守时和勤劳则最好地诠释了“春分”在时间方面的不紧不慢、不急不缓、不温不火——总之，一个字：“中”！而这个“中”字，为什么在有着“中国人老家”之称的河南，会被人们当

春水濯衣春阳晒

作对任何事物表示肯定的一个口头禅，其文化的源头或许也在此吧？

“春分”，昼夜等长，日子被分成了两半，但是分成了两半的日子也是日子；是日子，就得慢慢过，既不用太心急，也不用太担心。

“春分”，寒暑平分，春天被分成了两半，但是分成了两半的春天都是春天；是春天，总有花开花落，既不曾怕花开，也不必怕花落。

“春分”，阴阳相半，各半阴阳才是天地，才分男女，才有爱情；真正彼此相爱，分开仍会相爱彼此，何须过分顾此，何惧暂时失彼？

“春分”是春天的一道分水岭，春——分过后，天地清明！

2016 年 6 月 4 日

天地清明

祖先、坟墓、油菜花……或许是很多人关于“清明”印象的关键词吧！只是前二者属于节日的“清明”，唯有油菜花才真正属于节气的“清明”。

“清明”，是“二十四节气”中唯一既是节气也是节日的一个。

一

油菜花渐渐开了，“清明”便快到了。油菜花可能是所有花中最讲究集体主义的了，一开就是一大片，每一片都一个色调，连一点儿深浅色差都没。“清明”是一个属于油菜花的节气！

时至“清明”，菜地该铲的垧都已铲过，该培的垅早已培过，该理的水早已理过，那些在垅沟间穿行出没的多是打猪草的孩子，他们之所以热衷于去油菜田里打猪草，除了那儿的确有猪很爱吃的小兔儿草，其实更因为那种将自己隐没在花海中的感觉很是别样；而这种别样的感觉，常常让这些孩子第一次做下宝二爷在青春期做过了的“傻事”，弄得他们多数人往往搞不清那“黄色”和“涉黄”的“黄”，与油菜花的“黄”是不是同一个“黄”，也搞不清自己青春的底色并非那春天的青色而明明是这最耀眼、最烂漫的金黄色，是不是就是一种青春的罪过；还有那些发生在油菜田间，以油菜花为背景的事情，是不是也都“涉黄”！

忽听到村外有汽车喇叭声，孩子们都循着声音跑去，他们知道准是放蜂人的卡车又来了，其每年都在这个时候准时到来。孩子们既看放蜂人将那一只只黑黑的蜂箱从卡车上小心卸下，更看那载蜂箱的卡车。因为村子虽然算是通了公路，但是能看到卡车的机会还是很少的，那所谓的公路上跑的一般都只是大队里的手扶拖拉机。

蜂箱卸完了，卡车走了，放蜂人在已闲了一个冬天且还将闲至夏收的稻场上安营扎寨，那一只只蜂箱就放在稻场边，它们在孩子们的眼中犹如一只只巨大的魔盒，而那些进进出出其中的蜜蜂，嗡嗡嘤嘤的，早已春花烂漫的乡村此时才算是真正的有声有色。

然而，在村里人的眼中，放蜂人是侵略者，而他们侵略的武器正是那些小小的蜜蜂。因为那些如乌云一般的小蜜蜂，便是冲着村外那成片的油菜花来的，而那些油菜花，是村里人跨年劳作的成果呵，放蜂人并没有为此而付出过一丝一毫的劳动和汗水！还有那些梨花、桃花等，那更是村里人多年劳动的成果，栽种、浇灌、修剪等等，哪一样不需要付出辛劳和汗水？虽然那些刺槐、野草，并非村里人所栽所种，但毕竟它们都是长在村里人的土地上呵，它们的花，照理说也应该属于村里人，放蜂人凭什么让自己的蜜蜂想去采蜜就去采呢？

只是村里虽然不少人都有过这些想法，但是由于农民的思维习惯，他们又常常想，就算放蜂人是侵略者，他侵略的也不是我一家一户，而是大家；既是大家的事，得大家管、别人管！于是他们总希望别人去为自己争得好处；可是人人都这么想，所以一年又一年，事实上从来就不曾有人管过，即从来都没有人与放蜂人去理论过，更没有人阻止过放蜂人每年的到来。

放蜂人的蜜蜂在阳光下飞舞，田野似乎到处都弥漫着蜜蜂们嗡嗡嘤嘤的歌唱，那阳光下的油菜地，更成了蜜蜂的世界。每一只蜜蜂所到之处，似乎都不会放弃在每一朵花上停留，停留的目的当然是为了采花酿蜜，村里人为此也不得不承认，这些不停歌唱者，原本亦无比

心地清明图

勤劳；然而，事实上这堪称世上最最勤劳的小生灵，竟也是世上最浪漫和幸福的，因为村里人发现蜜蜂在一头扎向花蕊时，常常成双成对，且几乎是在采集花粉的同时，也迅速完成了一次甜蜜而又亲密的接触——原来看起来辛劳的蜜蜂，工作与情爱两不误，二者兼顾！

自从村里人发现了小蜜蜂这一隐私后，对放蜂人更有戒心了；好在他们发现，放蜂人一般都一两个男人带着一两个女人，且女人比村里的大多数女人都要水灵，这才放心许多。当然，这只是村里男人的看法，村里的女人们对此并不承认；偶有不得不承认的，也要狡辩道："那是人家天天喝最新鲜的蜜，如果我也天天有喝，保准比她更水灵哩！"村里人每当下地收工，路过放蜂人设在村口的营地时，男人们总忍不住向那儿投去搜寻的目光，而女人们则夸张地显出不屑一顾的样子；之于放蜂人对他们发出的哪怕是善意的招呼，他们都一律地爱搭不理，因为在他们看来，放蜂人无论是男人还是女人，不但是侵略者，还简直是些不劳而获的家伙！

不是吗，他们春天就来，春尽就走，永远追逐着春天，一年四季都生活在春天里，只凭着小小的蜜蜂收获着自己的甜蜜和浪漫——原本连蜜蜂也不如，蜜蜂在春天的花蕊中收获浪漫与甜蜜时，它还不忘采花劳作，而他们呢，似乎并不劳动，只收获浪漫与甜蜜。

不过村里的孩子们可没有大人们如此复杂的想法，所以孩子成了村里人与放蜂人之间沟通的桥梁。

放蜂的女人来过两次村里的小学，一次是来向那里唯一的一名老师小张"借几本书读"，另一次自然是来还书。有一天，张老师便让他的学生小牛去给那放蜂的女人送一个叠了又叠的纸条。放蜂的女人收下纸条后，用一只“雪碧”瓶灌了满满一瓶蜂蜜给小牛带了回去，于是小牛便不仅非常愿意为他的张老师和放蜂女人传送纸条，而且“谁也不告诉”。村里人对此谁也没注意，因为嘴馋而去放蜂人营地混口蜜解解馋的孩子有很多。

可是终究还是“出事”了！

那是个星期六的下午，阳光很好。小牛等一群打猪草的孩子，在用油菜田里小兔儿草把篮子装得满得不能再满后，也在吃饱了生产队地里的豌豆、蚕豆之后，也将那斗草的游戏文斗武斗都斗了一遍之后，他们决定学着电影《奇袭》中的情节玩一场“侦察兵捉舌头”的游戏。他们怎么也没想到，假装“侦察兵”的小牛，竟然在一

山水清明

处背眼的油菜花丛中发现了自己的张老师，且正抱着那个放蜂的女人“相嘴”。先是小牛被吓得大叫，将小伙伴们一起引了过来，再是愤怒的小牛将他传送纸条的事情全说了出来。

第二天，放蜂人自然被村里人赶走了，连同那个女人；那张老师也不再是小牛的老师，被大队支书终止了他“民办老师”的资格，不久后也离开了村子；当他再次回来时，不仅带着那个放蜂女人，而且还带着他们的孩子，且回来后再也没有离开村子。

再后来，小牛成了村里第一个大学生，离开了村子，但是每年“清明”，他都会回来扫墓、祭祖，每次回来他都不忘去他当年的老师家坐坐，其实他与老师已没有多少话可说，只是以此表达一份当年的歉意；每看到当年的老师与师母（那个当年放蜂的女人）在今天相濡以沫地生活着，他就会感觉到当年的那份歉意更深更重；然而每次从老师家出来，回到阳光下，他又总会感到自己又重回了一次童年——

天地清明，心地清明！

二

节日的“清明”，是人鬼共享的。

每听到村外后山上有爆竹声响起，孩子们便赶紧跑出村跑到山上，他们知道这是有人上坟来了，不跑快一点，那青团或许就会被别人抢先一步拿走，或许会被野狗吃了。

清白图

青团是江南地区用来"清明"祭祖的一种食品，用糯米粉制成，其青色是用豌豆或蚕豆的叶子榨出的汁液浸染的。之所以要染成青色，是为了在另一个世界的祖宗能享用——白色的团子是属于阳间的。

其实对于阳间的人来说，这青团也是很好吃的，米香夹着豆叶的清香，吃起来自有一种特殊的味道。只是平常的日子里，谁家也不会做青团的，一是三四十年前的江南乡下，吃饭还是一般百姓生活中的一个问题，更何况做青团得用上好糯米，自是舍不得自己随便吃的；二是按风俗，这青团平常吃也不吉利。总之，一年一度吃上青团的机会，唯有到"清明"节，且还得事实上与鬼共享。

对于鬼，乡下的孩子们是说起来很怕其实并不怕，一是因为谁也没见过鬼，二是鬼与死亡相生，而自己年岁尚小，离死亡还远着哩！所以在他们心中，对于鬼的恐惧还是终被青团对他们的诱惑战胜了，于是平时走路经过都要远远躲着的坟山墓地，到了"清明"节便一点儿也没有恐怖感了，到那里别人家的坟头去拿青团，竟人人争着抢着去——既是供给祖宗吃的，自家终不能拿回来吃，拿别人家，且是孩子拿的，则另当别论。

村里同时听到爆竹声的孩子自然不会一两个，所以不约而同跑出村外的孩子有好几个，他们见山上人家的祭祖仪式还没完成，便躲到山下的油菜花丛中盯着，尽量不让人家上坟的人发现。

一家人立在自己的祖坟前，燃放过爆竹后便开始依次做着祭祖的一项项仪式：先是将一把椅子在坟墓的一旁放稳，再将一把伞撑开，捆绑在椅子背上。此时辈分或年纪最大的一位，在坟前跪下，一面叩头，一面请墓里的祖宗坐到伞下的椅子上，好让子孙们修一修他（她）居住的屋子，也就是坟墓。即使坟墓很完好，事实上并无多少可修，也要象征性地在坟上添几把新土，并挖上两个新的坟帽，将前一年的换掉，并且在两个坟帽间压上一条白纸，以示坟墓新修完成——如阳间的新房落成后，总要在屋梁或门楣上挂上一条红布一样。两项仪式通常并不需太长时间，但是如果真要对坟墓进行大修，那这段时间说不定会长至半天或大半天。这两项仪式完成后，便是在坟头摆放祭品，也就是青团，有的人家也会另加几样别的，如糕点、水果等。摆好祭品，所有人按辈分和年龄依次叩过头，最后将纸钱和锡箔折成的元宝焚烧过，也即给祖宗留下些零花钱，这坟就算是上完了。

但是此时孩子们仍潜伏在油菜地里一动没动，他们一般会等人家仪式做完，完全离开坟地后，才会以最快的速度冲过去——当着人家面拿人家祖宗的祭品毕竟不太好！且也是“规矩”，孩子们各自的家长都与他们一再交待的，所以他们也都是知道的。

但是有时候，也就在上坟人离开坟墓和孩子冲过去的这一段间歇中，正在坟地闲逛的狗儿，会抢在孩子们之前将青团等祭品吃了。这是最最尴尬，也是最最窝囊的事情。想来这样尴尬和窝囊的事情，无论是上坟的人，还是坟墓里的人都不愿意的吧？他们一定更愿意让孩子拿去吃了，毕竟这“清明”时节，正是一年中最“青黄不接”的时候呵！

所谓“青黄不接”，就是指此时地里正长着的庄稼，如麦子、豆子等，还正当“青”的没有成熟，可前一年收获的粮食，如稻子、麦子已差不多吃光了，形成一个空档。所谓的“饥荒”，一般都发生在这个时候。所以这“清明”时节，虽然是一年中大自然最美丽的时候，可也是最令乡下人心烦的时候呵！或许也正是因为这一点，这“清明”节的祭品，人鬼共享便不但可以，而且也可成为一俗。

当然，这样的习俗并不一定到处都有，且如今更是罕见了，一些年轻人听来或许会如听天方夜谭一般，但是它确曾在中国大地上有过的，且我相信有的地方或许现在仍还保留着。或许正因为这一习俗，人鬼共享的“清明”才多了几分人情味，如那首题为《清明》的唐诗中所写的情节一般：

清明时节雨纷纷，

路上行人欲断魂。
借问酒家何处有？
牧童遥指杏花村。

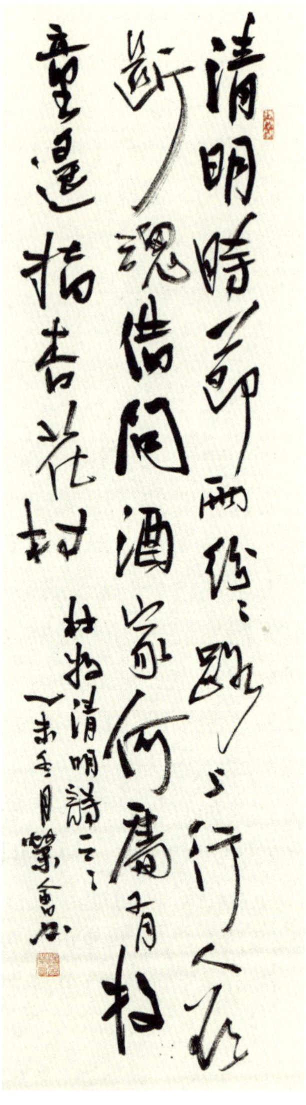

本书作者书法

这应该是中国最有名的一首与“清明”节有关的诗了吧？但有人说它并非杜牧所作，还有人说它甚至并非一首唐诗，一是因为在唐代，祭奠故去的先人和祖宗是在“寒食”节，即“清明”节的前一天，而“清明”节是个郊游踏青的节日，“路上行人”们只会高兴，是断不会“欲断魂”的；二是因为这“路上行人”们既“欲断魂”，怎么又会“借问酒家何处有”，去那“牧童遥指”的“杏花村”喝酒寻欢呢？这样的说法似乎有一定道理，但是终难以令人信服：就算唐代各有“寒食”和“清明”两节，但两个节前后一天，非得让“路上行人”寒食节“欲断魂”后，在第二天的“清明”节立马破涕为笑、高兴踏青吗？这也太强人所难了吧？至于“欲断魂”的“路上行人”们去“杏花村”喝酒寻欢，为什么就不能呢？或许正是因他们在这个人鬼共享的节日里，要为自己参透了人生的本质、生命的本质而高兴和庆祝呢！是的，生命既是自然，生死都是自然，自然归于天地——

天地清明，生命清明！

2016 年 5 月 28 日

谷雨雨谷先雨花

我曾以为“谷雨”意即“布谷如雨”，因为我老家从前常常在这个时候下早稻秧，也就是将泡好的稻种播撒到秧田中去——手挥过处，谷如雨下，落到平如镜面的秧垄上，发出噼噼啪啪、淅淅沥沥的轻响，酷似雨声——在我看来，这是所有真正农耕活计中姿态和动作最潇洒的了，更重要的是干这活时不需要弯腰弓背，不太累，要知道多种农活都是要弯腰弓背的，这才使天下农人有一个“面朝黄土背朝天”的共同造型！所以，我自以为将“谷雨”二字解释为“布谷如雨”，不但合理，而且合情；再则，“谷雨”二字中虽有一“雨”字，但应该并非是描述自然界之雨（包括水）的，因为春季的六个节气中，前面既已有一“雨水”了，似乎也没必要再设定一个内容与名称都沾雨带水的节气了！然而，事实上这只是我的臆想，“谷雨”实际语义即“雨生百谷”——仍然是春天里一个沾雨带水的节气。

一个季节中竟然设定了两个与雨、水相关的节气来标注其之于春天的珍贵与重要，这不正应了“春雨贵如油”的俗话吗？

的确，无论是“雨水”之雨，还是“谷雨”之雨，或春季其他所有节气中的雨，都是珍贵和重要的。“雨水”之雨，其珍贵性和重要性主要是在于它对于沉睡了一冬的大地、之于熬过了严寒的万物，起一个慢慢浸润、轻轻唤醒的作用，所以“雨水”的雨，其形式常常是“小雨润如酥”；而相比之下，“谷雨”节气的雨不说其更珍贵、更重要，至少是更现实，因为大地至此既已醒来，百草丰茂，万物生长，它们对于雨、水是一种最最现实的渴盼；好在天随人意，大自然恰在此时安排了足够量的“雨”来“生百谷”。因此，如果说“雨水”之雨与“谷雨”之雨也略有一些不同的话，前者似乎更深情，也更诗意；而后者则更现实，也更实在。而“谷雨”作为春天的最后一个节气，其所有的深情也全体现在这样的现实和实在中——为春天这一年中第一个生长的季节的最后阶段，

一汀烟雨杏花寒

再使把劲，送一程，以使季节顺利地从春天进入夏季，也使万物继续得到更快速、更高效和更有目的性的成长。

西塞山前白鹭飞，
桃花流水鳜鱼肥。
青箬笠，绿蓑衣，
斜风细雨不须归。

张志和这首词中的“斜风细雨”，应该也是“谷雨”的雨而非“雨水”的雨吧，因为雨中有“白鹭飞”，有“鳜鱼肥”，尤其是有桃花飘落、花随水流！

在我老家方言中，下雨被称为“落水”，因此“谷雨”之雨在我老家也被称为“桃花水”；桃花水下得过多了，生出汛情，则被称为“桃花汛”。“水汛”非喜讯，所以有“汛”即要“防”，如同既“旱”即要“抗”一样，所以现实生活中无论是语流惯性，还是生活联想，人们总是将“防汛”与“抗旱”并提，连国家主管这方面的工作的专门机构也简称“国家防总”，其全称即“国家防汛抗旱总指挥部”——不是一般的“部”、“委”、“办”、“局”等——只从这机构的名字就可知道，这“防汛、抗旱”原本就如同打仗一般，其敌人当然就是“汛”与“旱”，说到底都属自然灾害。“桃花汛”说到底也是自然灾害之一，但是名字却如此美丽，甚至还不乏诗意——汉语中词义所指与字面感觉如此不一致的词语是很罕见的，想来这都是因为“谷雨”的雨终带走了春天凋零的瓣瓣桃花，而沾了桃花的光吧！

我老家的桃花每年都在“惊蛰”前后开放，“谷雨”前后凋零。开花前的桃树常让人误会它是不是“死”了，其看上去与农家过冬时用来烧火的“硬柴”似乎已没什么区别，树干上节、疤、瘤满身，模样枯槁，枝丫间连显露一丝生机的绿意也看不见，唯有春雨能施桃树以魔法一般让它复活。雨点瞄着桃树的枝丫落下，原本死黑的枝枝丫丫更黑了，但渐渐地，这黑中竟发亮了，隐隐的亮色中似乎突然间竟有了动静；再一夜雨过，原本“死”了的桃树，虽然它们仍站立原地，但竟然纷纷活了过来；且偶还有心急的，手上竟挥舞起枝丫顶端几朵将开未开的花，向路过的人们打起了招呼。忽雨过天晴，原本就

雨中静逸

性急的桃花，竟抢在的桃叶的前面“哗”的一下全开了。在我印象中，桃花是一种最性急的花儿了——尽管有红花绿叶相映衬一说，但是桃花总是不等桃叶长出就先开了，且每当花开，就如同军队“哗变”和孩子们“下课”一般。哗变的军队和下课的孩子是最不安分的，开花的桃树自然也不再安分；“谷雨”时节的“斜风细雨”中，它们似乎在风雨中走动了起来，以开满桃花的树冠作了伞撑着；桃花在雨中依然盛开，但有花瓣开始坠落——树冠的伞终究是敌不过风雨的——雨、水使花瓣变得湿重，并纷纷坠落；一阵风过，更是落英缤纷，如撕碎的情书和日记，被一只无形的手撒在了风中。

这样的情书和日记中，当初十有八九都夹过桃花的花瓣的吧！至少是多少沾着些桃花气息的吧！是的，桃花不但属于春天，也属于诗，属于爱情。君不见侯方域送给李香君的定情物，便是一把画着桃花的团扇吗？

“几日不来春便老，开尽桃花。”“花红易衰似郎意，水流无限似侬愁。”那是对爱情的渴望；

“画楼春早，一树桃花笑。”那是爱情的喜悦；

“记得别伊时，桃花柳万丝。”“去年今日此门中，人面桃花相映红。人面不知何处去，桃花依旧笑春风。”那是对爱情的回忆和祭奠。

爱情似乎总与桃花相关，但是，与桃花相关的爱情似乎又并不好，十有八九是悲剧结局。李香君那把桃花扇上最后的那一朵桃花，竟是侯生用她飞溅的一滴鲜血画成的；现实生活中说某个女人“命系桃花”，无异于是在咒她骂她；说某个男人交了“桃花运”，也未必是一种真心的赞扬和羡慕。因为，虽然“桃之夭夭，灼灼其华”，但粉红色的桃花，其粉有点俗，其红有点艳——正是这艳俗要了桃花的命。

除了桃花，凋落在谷雨中的还有梨花、杏花，只不过与桃花略有前后一点而已——它们的开放其实也差不多同时，故有“桃李杏春风一家”（“李”、“梨”在我老家方言中同音；再则我老家的李子总长不大，味道也酸，少有人种，所以所谓“桃李杏”在我老家便成了“桃梨杏”了）之说。

“梨花一枝春带雨”是对梨花凋零的最生动描写，这样的描写自然是一位男性诗人的手笔，因为这样的诗句所渗透出的既是一种女性化的梨花的极致之美，也恰到好处地形容了女人天真单纯的婉约之美和涕泪交加的柔弱之美。

但梨花原本是很阳刚的。想象一下，一树繁花，雪白、明亮，白得一尘不染，亮得肆无忌惮，这是怎样的一种热烈和张扬！如果春天也有野性的话，一定只会在这梨花中，而决不会在桃花中。所以岑参才会用“忽如一夜春风来，千树万树梨花开”来比喻那塞外的飞雪，此比喻为诗句鼓荡起的不但是阳刚气，更是英雄气。而同样是岑参，他在描写美女时写下的诗句则是：“朱唇一点桃花殷，宿妆娇羞偏髻鬟。”可见，桃花似乎永远都是阴柔的女性。

杏花应该是一个天真的乡下少年或少女吧！它的出现总是叽叽喳喳：“绿杨烟外晓寒轻，红杏枝头春意闹”，“满园春色关不住，一枝红杏出墙来”，爱吵闹、不安分的杏花倒是能让那些伤春的人儿堆积在心的寂寞和感

桃花流水鳜鱼肥

伤消解一些，只是那只会在晴天里，在杏花开放时。“小楼一夜听春雨，深巷明朝卖杏花”，雨天的杏花是安静的；“沾衣欲湿杏花雨，吹面不寒杨柳风”，凋零的杏花是多情的——不，是深情的！如此安静而深情的花，唯有“谷雨”的杏花。胡兰成在谈论中国画时说道：“桃花难画，因为她的静。”但在我看来他这话只说对了前半句——桃花确实难画，但它的难画是因为它要命的艳俗，而不是它的什么“静”。桃花本身一点儿也不“静”，从来就不“静”！谁见过“静”的桃花？恐怕只有他胡兰成！但是，他这种见人所未见、发人所未发的本领，与他文章中的那种平和、冲淡、雅致、闲适一样，有多少不是他的言不由衷和故弄玄虚呢？

“谷雨”，岂止“雨生百谷”！“谷雨”，雨催花发，雨打花落——“落花流水春去也”，去的是桃花、梨花、杏花，但是，人会像桃花一样绯红，像梨花一样纯净，像杏花一样明亮！

2016年6月1日

夏

立夏　小满　芒种
夏至　小暑　大暑

一声布谷夏令新

夏天就是春姑娘所嫁的那个小伙子吧！

抱得美人归的他，生活中自然更加的热情似火，以至于在这个季节，一切都被他的热情感染了，都变得风风火火、蓬蓬勃勃、蒸蒸日上。

不要说田里的庄稼了，连田间地头的荒草，立夏一过，竟然也莫名其妙地疯长起来；疯长的当然还有树上的桃子、李子、杏子、梨子，还有那出壳的小鸡、小鸭、小鹅……“见风长”是夏天里所有生命的生长状态！是的，麦田里的麦子“见风长”，很快就麦粒“小满”，走向成熟；瓜田里的黄瓜、香瓜、西瓜“见风长”，如吹气球般地一天大过一天；“吃了端午粽，才把棉衣送”，单衣单裤后的新媳妇们，她们的肚子似乎也“见风长”，在宣告一个新的生命将与一个成熟的秋天一起降临……

此时的耕种，所有的收获虽然都在秋后，但曾经抱得春姑娘的小伙儿，注定将在这个最炎热的季节为养家糊口挥洒更多的汗水；连每天的太阳，在这个最辛劳的季节里，也比在其他季节里升起得更早、落下得更晚，好让日出而作、日落而息的农人，“芒种”，“忙种”……

——最热情的夏天，原本也是最辛劳的季节！

当然，这个最炎热的季节里也有最清凉的时刻，这个最辛劳的季节里也有难得闲适的时光，那是当孩子们自由游泳在池塘的水中和塘边的蝉声中时，那是当男人们午睡的鼾声与午后的雷声一同四起时，那是当女人们“吃饭了”的呼唤被风儿拉得很长传得很远时；此时，男人们的每一块健壮的肌肉都裸露出一种古铜色的美；保守的女人们也尽情展示出一种属于乡村、属于劳动者的健美身材；甚至哺乳的年轻妈妈也会当众撩开衣襟，豪放地露出白白的乳房给孩子喂奶，让整个村子充满着生活的奶香；让原本就有几分野性的乡村，呈现一种难得的野性美，也让乡下人得以忙里偷闲地享受一份滚烫的爱、炽热的情。

夏

立夏　小满　芒种

夏至　小暑　大暑

一声布谷夏令新

立夏最是惜春时

春意阑珊处，“立夏”如期而至！

原本的“村头桃花映面红，陌上梨花随风白”，似乎只转眼之间，便花落水流，无可奈何了；春来春去，仿佛只是一瞬，不曾留意间，夏日的熏风便扑面而来！

如此“立夏”之日，岂能不是惜春之时呵？！

立夏图

惜春的并非只是“手把花锄出绣闺”的林黛玉们，其实，是人都会有一颗惜春日太短、春红不常之心的吧！否则，王观怎么会将这样一首应该是于“立夏”

前后写就的小词，送给那追赶春天的大雁呢：

水是眼波横，山是眉峰聚。欲问行人去那边？眉眼盈盈处。才始送春归，又送君归去。若到江南赶上春，千万和春住。

然而，春天，尤其是江南的春天，既已归去，哪里还能赶上？赶上的只能是春后的“立夏”，以及跟在“立夏”身后的一个漫漫夏天——无论是之于此前的春天还是此后的秋天，夏天的确显得太过漫长，漫长得唯有那因寒冷而显得也太过漫长的冬天能与之一比其长——所以惜春和悲秋一样，成了中国文化中的一个永恒主题，春和秋也便成了中国人心灵深处最柔软的一隅。

然而，诚如苏东坡所言：“年年欲惜春，春去不容惜。”春天总得过去，夏天总得来临，再是如花美眷，他（她）总要长大成人。而所谓长大，便是“男大当婚”；所谓长大，便是“女大当嫁”。张爱玲说，“一个有才华的姑娘突然嫁人是人生最大的不幸之一”。时至“立夏”，我们是会生出这种张爱玲式的不幸感的，因为春天最能给人联想的，便是一个花枝招展、少不更事的少女；而就是这个天真的少女，似乎只过了一个春夜，就与其人生最美好的季节作别了。但是这一切你又终将无可奈何，所谓“无可奈何花落去，似曾相识燕归来”，说的或许就是春末夏初，即“立夏”前后的情景与心境吧？

“夏，大也”，“斗指东南，维为立夏，万物至此皆长大，故名‘立夏’也。”《历书》此言，虽是言季节和节气，也是说生命和人生吧！因为说到底，人不也是这“万物”中之其一吗？

时至“立夏”，一切都在长大，一个“大”字便成了这个节气的一个关键词。

“立夏”了，每一朵春天的花落后结在枝头的果子都在渐渐长大，每一棵春天里新栽入土的瓜秧、禾苗都在渐渐长大，每一只春天出壳的毛茸茸的小鸡、小鸭、小鹅，都在渐渐长大；渐渐长大的，还有堂前燕窝中的小燕，门前屋场上晴天的树荫，窗外雨天里呱呱的蛙声，甚至还有脱了棉衣露出的小姑娘的胸脯和新媳妇的肚子……

是的，那个在春天里长大嫁人的少女，进入夏天便自然成了少妇，成了人妻，还将成为人母。从此后，她将学会隐忍，学会母爱，当然还要学会锅碗瓢盆的交响、春夏秋冬的运筹，至少是在眼下这一个夏天里，得学会忙碌。

万物至此皆长大

“立夏”过后，农家便真正开始忙了！

说“春天是一个繁忙的季节”，其实

那只是相对于冬天来说的，有过真正乡村生活经历的人或许都知道——不说“猫冬”的北方人，即使是江南人，进入隆冬后，尤其是腊月、雪天，也是并没多少农活可干的，再加上还有一个快乐的春节要过，所以我老家竟有如此表达种田人轻闲、自在的俗话：“正月过年，二月拜年，三月做田。” 三月才开始“做田”，四月初的立夏，所有的农事便自然得忙开了：秧、禾大了，得赶紧移栽；雏、苗大了，得赶快放养；还有早黄瓜、四季豆，已开始成熟，得及时采摘……这一切岂不够空闲了一冬、散慢了一春的人们忙上一阵吗？另外，别忘了还有那成片的麦田、菜地，从去年秋天种下，经过整整一个冬天加一个春天，此时麦子已经打包，油菜都已结荚，且包里的麦穗和荚中的籽粒都已在灌浆，也得赶紧对它们进行一次管理——或理水、灌水，或喷药治虫……而这些活计，是保证夏收丰硕的最后一次努力，如果错过了，便无法补救，故有“‘立夏’看夏”的农谚。

虽说“立夏”之日这一切还没正式开始，但是一切必须准备就绪，因为大自然和季节早已准备就绪。

虽说“春眠不觉晓”，但燕子的呢喃会将你吵醒，梦里的流水落花你或许还没来得及拾起，清晨的阳光已带着夏日的温度照进窗来，催促着你将所有惜春的情绪和春闺的闲愁，都埋进这春末夏初的土地，与春天的种子与夏天的秧苗一起。此真所谓“事如春梦了无痕，人似秋鸿来有信”！只是有信的并非秋鸿，而是春燕——“立夏”过后应该叫“夏燕”了吧？可不知为什么，从没这样的叫法，似乎燕子永远只属于春天。

是的，燕子永远属于春天，如同少女永远属于春天一样！所以“立夏”后的燕子，终无法再邂逅春天的那位怀春少女了，情人当初的悲切呼唤，都不会再听到了，因为那即将开始的夏天，实在不是一个属于爱情的季节。

夏天，春日落红坠尽的瞬息，将生命汁液传递给绿叶背后新结的青果，风花雪月的日子，早已零落成泥，这既是爱情的悲壮和宿命，也是爱情的伟大和崇高，于是所有的心思都会被整成田垄，从心中绽出的悲壮和崇高，则会长成夏天田垄间那名字一律叫“庄稼”的希望，并连接成春种与秋收间的桥梁。时至“立夏”，我们正站在这座桥梁的桥头堡上，目光越过整整一个夏季，向秋天眺望着。

满怀希望的立夏，注定即将到来的火热夏天更是一个希望满怀的季节！

不过，虽与春天一样同是希望的季节，夏天终究又与春天有所不同。春天的希望应该多是对爱情的渴望，

和乐图

而夏天的希望更多是对成长的希冀，相关的更多属于生活和生命本身。是的，春天的花朵多属于爱情，而夏天的花朵更多属于生活和生命本身，所以泰戈尔写下的“使生如夏花之绚烂”的诗句，历来都是被当作是对于生活和生命的最高礼赞。

夏天，所有生命都将蓬勃生长。“立夏”，希望季节风调雨顺，希望汗水换来丰收，希望孩子健康成长，希望生命生生不息……所有的希望，岂仅仅只是一种希望！也是一种信念，一种宗教，属于这个季节的信念与宗教！

我们的祖先或许早就懂得这一点，所以会为“立夏”设定许多几如宗教仪式般的风俗，最典型的莫过于至今仍在江南许多地方流传的“立夏”日“称人”和“送夏”的习俗了。

据说“称人”的习俗起始于三国时期：刘备死后，将阿斗托孤给诸葛亮，诸葛亮因一时军务繁忙，命赵子龙将阿斗送东吴暂交吴夫人抚养，那日正值“立夏”，作为“后妈”的吴夫人，当着赵子龙的面将阿斗的体重称了称，以作见证——来日再见阿斗，如果他体重有所增加，那说明自己不曾对阿斗有过虐待。从此以后，江南便流行“‘立夏’日称人”，尤其是称孩子的习俗。让孩子手吊着秤钩称一称多重，比去年长大了多少，看看到明年又会长大多少，其中寄托着人们多少对于孩子健康成长的美好期望呵！

所谓“送夏”，是姑娘出嫁后的第一个“立夏”日，娘家得照例送过来几样必不可少的礼物：一担粽子——

那是供散发给全村家家户户的；一床竹簟、一对凉枕、两双凉拖鞋——那是供新婚的小夫妻度夏使用的；最有意味的是不能少了扇子，而且一定得鹅毛扇——此时的新娘子一般都将做母亲了，这鹅毛扇是准外婆为未出世的外孙准备的，鹅毛扇扇出的风柔和，而且扇风时即使不小心扇子划到了孩子的小脸蛋，鹅毛也不会划伤孩子……如此细致的考虑，寄托着怎样细腻的用心和希望的温情呵！的确，或许就在这个夏天里，当初的怀春少女将成为合格的母亲，那个毛头小伙也将升级为人父。“人生代代无穷已”——期望也好，信念也罢，皆莫不如此吧！

“夏，大也。”我不知道北方有些地方，孩子为什么会称父亲为“大”，也不知道中国第一个古代王朝的国号为什么叫“夏”，其具体答案恐怕也很难有人能说明白吧！但是在我看来，有一点应该不难明白，这就是，作为对家庭最重要成员父亲的称呼，“大”一定体现了一种敬意，而“夏”作为国号，一定凝聚了人们寄予的不断发展壮大的美好期望。

时至“立夏”，生如夏花的生命开始绽放；夏天，注定将叠加起人类与人生、爱情与生活、成长与生命的多重希望，并拥人前行！

2016 年 6 月 6 日

村里有个孩子叫小满

夏日的熏风吹拂着无边的田野，青黄色的麦浪随风起伏。一位年轻漂亮的女画家，正以此为背景给一位年过花甲的农妇画着写生肖像。

“我叫夏小满！”画像完成后，妙龄正当、气质高雅的女画家，搂着农妇站在画像旁说。

“我叫吴小满！我们都是‘小满’生的。小满小满，麦粒渐满。”农妇说话间，布满皱纹、饱经沧桑的脸上竟显出几分羞涩……

这是央视近来常播的一则美丽、温馨，且不乏人生寓意的公益广告。

此广告的创意者应该是一位北方人吧?

我是江南人，我知道在中国南方的广大地区，关于“小满”的含义还有另外一说，那就是：“小满小满，塘坝渐满。”意思就是说，每到“小满”节气，南方一般都会顺利进入雨季，河、湖、塘、坝开始蓄水，渐渐变得丰满起来。而这对于南方人来说至关重要！

中国南方的广大地区，农作物以水稻为主，而水稻的种植，当然缺不了水。每年农历的三月，将浸泡出芽的稻种播入秧田，三周左右再将秧苗从秧田移栽大田，这时限只可略提前，绝不能延后，所以有农谚云："'小满'插秧一两家，'芒种'插秧普天下。"可见"芒种"节气是插秧的最好时段。而将插秧的大田，必先翻耕晒熟，再一次性放上水，所以此时对水的需求量是很大的，此时如果缺水，那就麻烦了，而农谚云："'小满'无雨，'芒种'缺水"，"'小满'不满，'芒种'大烦。"而这"缺水"带来的"大烦"就是无法将秧田的秧苗及

江南河流皆小满

时移栽大田，只能无奈等待，而等待的最终结果，必定是一季庄稼的减产，甚至绝收，因为“人误（庄稼）一时，天误（庄稼）一季”。所以，“小满”时节，对于中国南方广大地区的人来说，最期盼的便是雨水的及时到来并灌满河、湖、塘、坝；但是同时又不要来得太多太猛，因为那样就会形成涝灾——南方的水稻产区多平原，而水涝又是平原地区最容易发生的灾害。总之，时至“小满”，江河湖泊不满不行，但太满也不行，“小满”正好！所谓“风调雨顺”莫过于此！

当然，若得风调雨顺，“小满”时节“渐满”的当然不只是北方的麦粒和南方的江河湖泊。我是江南人，我对于“小满”节气中“渐满”的事物，印象最深的要算是各种豆类的豆荚了：首先是蚕豆，经过一冬的忍耐和一个春天的生长，立夏时节开始长出豆荚，豆荚似乎昨天还是芽儿，“小满”一到，只一夜之间，花便焦了，荚便胖了，周身青亮青亮的，煞是可爱；用手摘时，一只便可握满一手；摘下剥开，发现里面的豆粒将满未满，但已快满；丢一粒入口，鲜嫩而有一丝微微的甜味——生吃胜过煮熟。而只要“小满”一过，蚕豆便只能煮熟才能吃了，生吃不但涩嘴、硌牙，而且似有一股腥味。不过要说“小满”时节最宜生吃的豆儿要算是豌豆了，生吃豌豆根本不需剥荚，连荚一起咬别有滋味；有时一咬便“啪”的一声响——那是豆荚爆出的声响——对于孩子们来说，这声响带给他们的快乐有时竟胜过吃本身。除了各种豆类，在“小满”时节日渐丰满起来的，还有各种瓜果的体态。最常见的是黄瓜，此时它顶着一朵

小满图

将谢未谢的小黄花，卧在藤架上绿叶间，浑身长着嫩嫩的刺儿，摘下即可生吃，凉拌都有点儿奢侈——因为太嫩，一根黄瓜一切一腌，往往只有一筷子，一口便吃没了。至于“小满”时节成熟或收割的，我印象最深的一是枇杷，二是油菜籽：时至小满，枇杷树的青枝绿叶间，枇杷已渐渐泛黄，它们虽然个头不大，但是一颗一颗，圆润饱满，已然可以采摘了，不必等到它们全黄熟透——真到那时，或许等不得你摘，就被风吹、鸟啄落一地了。油菜籽是江南除水稻和小麦外最重要的农作物了，“清明”前后，油菜花开；“立夏”前后，花谢结籽；时至“小满”，菜秸青黄，菜籽“小满”——此时赶紧收割，决不能等到油菜完全黄熟、籽粒完全饱满，那样镰刀一砍，籽荚就会随着震动自己炸开，籽粒就会洒落田里，造成减产，所以油菜籽的收割，真是对“‘小满’即好，见好就收”人生哲理的最好演绎。

如果说春季是一个复苏的季节，如一个人的蒙童时代；那么万物盛长的夏季则相当于一个人的盛年了。“小满”是夏季的第二个节气，那自然如一个人的青春期了——发育开始，将快速成长，但还未达到最盛。的确，“‘小满’即好”。节气“小满”，那“渐满”的麦粒、瓜果、菜籽等，是你前一年辛勤耕耘的收获，而它们“小满”又未满的空间，又给你无限的希望。此正如人生的“花看半开，酒饮微醺”——已得到七分满足的同时更有无限的美好希望在前。

“小满”节气，大自然呈现出如此美好的一面，对此，今天的教科书上说是因为“每年5月20日到22日之间，太阳到达黄经60°”。而《月令七十二候集解》上说：“小满者，物至于此小得盈满。”由此看来，我们的祖先在“二十四节气”中将这个特定的节气名之“小满”，并不只是如今天的教科书说得那样，为大自然运行标注一个其中的节点，而是同时也作一种人生的提醒和警示吧！

的确，月满即亏，物满必损，话满必折，这既是事物的一个普遍现象，也是人生的一个普遍真理，我们的祖先或许是深谙这一点，所以“二十四节气”中，虽然既有“小雪”也有“大雪”，既有“小寒”也有“大寒”，既有“小暑”也有“大暑”，唯独只有“小满”而没有“大满”。“小满”在“二十四节气”中最符合中国人的中庸之道，事实上不但最富有哲理意味，而且还不乏人情味，她真像一个邻家孩子的小名，寄寓着父母和长辈无限的期望和爱意！

那则公益广告中的画家与农妇，她们生活在不同时代、不同环境，有着不同职业和不同身份，竟然拥有一个完全相同的小名，这是完全可能、十分正常的！不过那应该更多是在北方吧——这也是我说央视的那则公益广告的创意者十之八九是北方人的另一个原因。

我是江南人，我还知道南方人将“小满”作为孩子小名的并不多，因为在吴方言、越方言等多种南方方言中，这“满”与“摸”几乎同音，同时“小偷小摸”似乎又是个固定短语。当然，这也并非绝对，我小学时的一位同学就曾叫过“小满”，以至使得今天的我每当看到央视的这则公益广告时，总会想起他。

真不知道我那个小学同学的父母当初怎么就为他们的孩子起了“小满”这么个名字！也或许真是“一名成谶”，我那同学竟真的在生活中养成了一种“小偷小摸”的毛病，以至在小学三年级那年，竟然把他生产队会计那儿有限的一点公款连同队里的公章都偷了。这在当时可是个大案，自然很快就破了，好在公安机关念在孩子年幼无知的分上，倒也没太为难他，只是

村里有个孩子叫“小满”

严肃地要求他父母从此以后要对孩子严加管教。此时村里有老人与他父母说，这都是他们给孩子起的名字不好，于是他父母便为他改名“金满”——或许是取“金玉满堂”之意吧！谁知道，我的那位同学长大成人后，既忘了父母最初寄予他人生“‘小满’即安，安即是福”的告诫，而那“金玉满堂”的美好祝愿或许又成了他人生的重压，最终竟重操幼时旧业，将邻家的耕牛盗卖与人，遂以盗窃罪入狱，最终竟死在了狱中，以一个个体的生命演绎了一出因欲壑难填而走向毁灭的人生悲剧。

天下叫“小满”的人一定很多，但愿如我那位小学同学那样人生的只有他一个！

2016 年 5 月 21 日

芒种·忙种

“芒种”，即：“有芒之种谷，可稼种矣。”

对于“之乎者也”根本就听不明白的乡人农人来说，“芒种”即“忙种”——村后坡地上的蚕豆、豌豆、麦子都成熟了，得赶紧收割，颗粒归仓；庄前圩田里的红

忙趁微雨去种瓜

花草也都花谢籽结了，得赶紧翻耕放水；最要紧的是秧田里的秧苗，“‘芒种’插得是个宝，‘夏至’插得是根草”，得赶紧移栽插入大田……这么多的活计都凑在一快儿，都得在这个节气内完成，岂能不忙！

但是也有闲人，那就是老人与孩子。

“梅子留酸软齿牙，芭蕉分绿与窗纱。日长睡起无情思，闲看儿童捉柳花。”杨万里这首诗所写的应该是“芒种”时节的乡村生活场景吧？年轻人、壮劳力都下田忙农活去了，留在村里的自然只有老、弱、病、残和孩子们了。孩子们没有父母的管束，玩得尽兴而天真，空中飘飞的杨花，竟也惹得他们一番追逐和捕捉。不过在我的记忆中，孩子们再无事可干，追逐杨花的时候也并不多，主要是因为这个时节天太爱下雨了，只要雨一下，似乎便没完没了，那杨花自然都被“零落成泥辗作尘”了，哪还有可追可捉的呵？倒是那给杨万里“留酸软齿牙”的梅子，雨下得越多，它成熟得越快，宋代大词人周邦彦在我老家当县令时，还曾为此写下过“风老莺雏，

宜风宜月图

雨肥梅子”的词句哩！所以，每年的芒种前后便准时开场的那场一下月余的雨，便被称之为“梅雨”了。

“梅雨”能使江南梅子黄熟，也能使“黄梅时节家家雨，青草池塘处处蛙”，还能使“梅雨”在农人口中被称为“霉雨”。

俗话说：“雨打稻黄，日晒麦黄。”意思是说，稻子与麦子的成熟期对天气的要求是有所不同的，即稻子的成熟期最好遇上适当的阴雨天，这会有利于稻子的灌浆和成熟；而麦子则相反，最好是成熟期遇上晴天，且成熟了的麦子更得晴天才能收割，收割下的麦子也得晴天才能晒干！老是雨天，很易让成熟的麦子霉在麦秸上，烂在麦场上。所以，“芒种”时的梅雨，实在是老天在添乱。然而，若真没了如期而至的梅雨，又会发生大问题，因为此时大田插秧，正需要大量的雨水，此正如宋代诗人曾几诗所云：“梅子黄初遍，秧针绿未抽。若无三日雨，那复一年秋。”所以，“芒种”节气，乡下人便只能在这晴天与雨天间“抢收抢种”了。

午后或黄昏，雨停了。

此时，屋檐下的燕子率先飞了出来，先在村子的上空相互追逐翻飞，后便迎着从云缝里漏出的阳光飞出了村子。村外的秧田一律都放上了水，清亮亮的水面，映着此时乌云散开后难得一露的蓝天，一块块不太规则的水田，便如同一块块安放在大地的上镜子。燕子贴着秧田的水面飞翔，忽上忽下，有时翅膀竟掠到了水面——它们是想借这水平的镜子，看一看自己飞翔的轻灵姿态吗？有的秧田已抹上了一层绿意，那是刚刚被农人们插上了秧苗的，因为秧苗，燕子是无法再在这样的秧田上点水翻飞了，而鹭鸶、苍鹭等，则凭着自己两条高而细的腿，在田间漫步着，寻觅着，似乎每一步都有意避免踩坏新插的秧苗。此时最吵闹的是村口竹林里的麻雀们。似乎正是它们的叽叽喳喳声吵醒了午后各自在家睡觉的孩子们，他们也叽叽喳喳地跑出了家门，跑出了村子，一双双光着的小脚丫，将地上一个个还积着水的水洼踩得叭哒叭哒作响。他们跑到河边的草坂上去捉上水鱼，他们跑到山上的荆棘丛中去掏小野鸡，他们跑到果园早没有桃子的桃树下和刚刚结梨的梨树下挖知了——此时的地上，被雨水长久冲刷，一些知了洞已露出了洞口，用一根细细的树枝朝洞里轻轻一捅，慢慢搅动，那尚未脱壳的知了就会不明就里地爬出洞来。只是有时候，一个正聚精会神的孩子，还没将知了捅出来，另一个孩子则轻轻来到一旁，用脚猛的蹬一下他身旁的树干，并快速跑开，树叶上还沾着的雨水就会一下落下来，全淋在那个捅知了的孩子身上。每当此时，那被淋着的孩子知了也不捅了，便一面笑骂着，一面追打那个“坏孩子”去了……

当西天云缝中的夕阳完全暗了下来，水田里一直弯着腰插秧的女人们，终于直起了腰，把穿在身上一天的雨衣脱了下来——梅雨天里，即使雨停了他们也不脱下，因为说不定一会儿这雨又会下，这雨衣又要穿，如此脱了穿、穿了脱太费事，也误工，所以干脆一直穿着——脱下雨衣的她们，得早男人们一步回家去准备一家人的晚饭。她们就用秧田里的水，将腿脚洗净，用拳头从背后在自己的腰眼间轻捶几下，便沿着滑而泥泞的田埂，走向自家的菜田，顺便摘几根黄瓜，采一捧豆角，拔半篮“梅菜”（收油菜籽时不小心遗落在田间地头空地上的籽粒，在梅天里自己长出的菜苗），回家炒了作晚饭菜。

更深月色半人家

女人们回家后，男人们或是就没了再干活的心思（乡下人有“男女搭配，干活不累”的俗话），或是趁着女人们不在偷个懒，于是便或倚着犁把，或撑着锹柄，或干脆用雨衣一垫坐在了湿漉漉的田硬上，掏出藏在身上不知某个地方竟然一点儿也没湿的烟卷来，点上一根悠悠地抽了起来。抽完了，或扛起锹，绕着自家的田埂走一圈，看一看是不是有黄鳝将田硬的某处拱通了洞，那就顺便将它堵上；也看一看上河的来水大了还是小了，是要将通向田里的引水口加大还是挡小；或者什么也不干，只是围着自家的田有事没事地走一圈，然后就收工回家。

当田野里的人们都向村里走去时，掩映在绿树中的村庄上空，早已炊烟袅袅，当然，与炊烟一同升起的，还有饭菜的清香。此时，正回村的男人们，似乎突然间又想起了圈里的猪和笼里的羊，由于太忙了，已好几天没有放它们了！于是又弯到了水渠边、小河畔，拔了满满一大抱嫩嫩的牛舌头和蒲公英……

乌云又漫上了西天那亮开了一道晚霞的天空，天色终于完全暗了下来，只停了一会的雨竟然又落了下来，好在在外一天的人们此时都回到了家中。女人的晚饭也做得差不多了，饭早已煮熟，菜只等最后一个西红柿蛋汤烧开。孩子们等不及了，跑到厨房，伸出还沾着泥土的小手，一下便掀开了扣在鱼盘上的那只碗，他们知道这里面一定盛着他们捉回来的那条上水的大鲫鱼……

屋顶的瓦楞间又哗哗作响，那是雨下得更大了，雨声竟似乎压过了收音机里花旦的演唱，孩子们的爷爷站起身，将音量又拧大了一点，随之与屋外的雨声成了一种交响。“端饭啰！”女人在厨房里喊了一声，白的米饭、青的豆角、红红的西红柿，当然还有红烧的鲫鱼，被一起端上了饭桌……一个农家的夜晚便突然间有声有色起来。

此时，从哗哗的雨声中，听到的分明是世界的宁静和安详；从简单的饭菜中，尝到的分明是生活的新鲜和原味；从“芒种”即“忙种”的日子里，记忆的刻度内分明是生命的闲适和从容。

2016 年 5 月 23 日

等待夏至

夏逐落花至

“二十四节气”中，“夏至”总是既在等待中到来又是用来等待的一个！

从前的乡下人过冬，多数是没有什么毛线衣、羊毛衫、羊绒衫之类可穿的，常常是一件家织布衬衣外套一件老棉袄；更有或穷得连衬衣也没有，或不想如此“奢侈”和“浪费”的，便直接光膀子套一件老棉袄——谓之“空心棉袄”，外面用一根带子或绳子在腰间一束就行了。之所以这“棉袄”前要加一“老”字，是因为乡下人的棉袄，新的很少，十有八九都是穿了多年的，甚至，一件棉袄能弟兄几个，老大、老二、老三……多人穿着长大。所以这棉袄可以很老很破，但只要有一件，就可以过冬，对于穷人家来说这无疑是一宝，因此有一句俗话：“穷人家中有三宝，丑妻薄田老棉袄。”

只是仅凭一件老棉袄过冬，到来年开春后必然有个问题：天气越来越暖了，这棉袄穿着太热，但又脱不得——一脱只剩一件衬衣，甚至是光膀子，天还太冷，无疑会受凉生病，所以这老棉袄便只能一直背在身上——想来乡下人那“秋要冻，春要焐”的穿衣原则，实则是被逼无奈之另一说法而已吧！？

乡下人的棉袄要一直穿到什么时候呢？又有一句俗话做了回答：“吃了端午粽，才把棉衣送。”虽然江南春天里“倒春寒”是常有天气，甚至“立夏”过后，“乍暖还寒”的天气也并不罕见，但端午过后这一切都不会有了，因为端午过后，“夏至”便不远了，于是又有俗话云：“‘夏至’不穿棉。”

“夏至”，某种角度上也可理解成“夏天至矣”，即季节真正进入夏天的标志。

俗话说：“睡觉‘冬至’，干活‘夏至’。”意思是说，如果你想睡觉，“冬至”那天黑夜最长，可让你睡个够；而“夏至”日的白天是一年中最长的，对于日出而作日落而息的乡下人来说，如果想多干活，在这一天里可以干最多活。然后事实上，时至“夏至”，农活并不多。

此时，田地里该收的都收上了，该种的也都种下了，种下的刚刚出土，还没到薅草、松土、间苗的时候——这或许是老天爷所做的一种人性化的安排吧，故意让“芒种”时忙了一阵、累得够呛的乡下人暂时歇一歇，松口气。所以“夏至”时节，相对来说还是比较清闲的。

看着六叔整天扛把铲锹东游西逛，一副无所事事的模样，六婶提醒他说：“咱家的瓜棚是不是要搭啦！”“这瓜正当还没熟，没人偷，搭什么瓜棚呵？再等两天不晚哩！”六叔很不屑地说，同时他似乎是为了表示对六婶催活的不满，看到天正好出太阳了，便用一种反唇相讥的口吻说：“这家里的东西都霉哄哄的，你不能拿出去晒晒呵？！”可是六婶又哪里买账，“你懂什么呵，这得等出了梅！”想想又没好气地补充了一句，“这梅天的太阳能晒东西吗？”

是的，对于乡下人来说，许多事情在“夏至”都得等一等，一个“等”字似乎成了江南乡村里这一阶段的关键词。

男人们虽然也天天下田，但似乎只是在履行那“天天下田”的仪式，下田后便只是在等着太阳每天的升起、偏西、下山；可是特长的白天，人又事实上闲着，这太阳似乎便老不肯下山。不过如果是雨天见不着太阳，他们便只好等着家里女人们做好的一日三餐。而三餐过后，或许是因为白天实在是太清闲，劳累惯了的乡下人便无法早早地入睡，便将那落满灰尘的还缺一两粒棋子的象棋找了出来，约上人下个一盘两盘，只是有时候左等右等等不来一人，正应了赵师秀的那首《有约》：

黄梅时节家家雨，
青草池塘处处蛙。
有约不来过夜半，
闲敲棋子落灯花。

只是今天的农家已无灯花可“落”，因为早已用上了电灯，当然还有电视、电话、电脑、电冰箱……电，让今天农家的生活节奏也加快了许多，可是有些事情，却仍然是快不了的，得慢慢来——等待对于这些事情的完成和臻于完美又是必须的。

农家开门七件事，柴、米、油、盐、酱、醋、茶，可见酱对于农家生活的重要。入夏以后，瓜果蔬菜应季，自然特别多，多得吃不完，怎么办呢？在没有冰箱的时代，只需揣进酱缸，它们便不但不会变质腐烂，而且因为酱过，再吃还别有一种味道。江南农家几乎家家户户都会做酱。做酱得先将面粉和黄豆、豌豆等一起煮熟捣烂，做成酱饼。时至“夏至”，酱饼都已然做好，放在一箴箩里，

盖上酱树叶，架到了阁楼上，只等着它们自己上霉、发酵、阴干，直等到伏天时下缸、日晒，总之就等着酱吃了。

江南人家几乎家家养蚕，蚕种“惊蛰”入炕，“春分”前后出蚕上纸，精心喂养近月，“夏至”前后，蚕宝宝终于都上了“草山”。一个月左右没有睡一个好觉的养蚕人，此时不再怕夜里桑叶断了饿着了蚕宝宝，也不再怕老鼠、狐狸和蛇趁着夜色来祸害蚕宝宝，也不再怕蚕室里的蚊香夜里烧灭了，蚕宝宝被蚊子叮了咬了……他们此时终于可以睡一个好觉了，只需等着“草山”间不再有沙沙的声响——蚕宝宝在蚕茧中将所有的丝都吐尽、睡着——就可收获那如雪般洁白的蚕茧。

“夏至”可算是最让乡下孩子等待得心急的一个节气了！乡下孩子没有不喜欢瓜的，而此时黄瓜已差不多下市，甜瓜、菜瓜、西瓜等还没成熟；当然南瓜、冬瓜、笋瓜等也一样，只是孩子们对此并不关心，因为这几种瓜只能是烧炒做菜下饭吃，并不能随时摘着生吃。那些随摘随吃的瓜，前提是它们得熟透：生甜瓜不但无一点甜味还非常苦，根本无法入口；生西瓜虽然不苦，但是皮与瓤不分，毫无口味；菜瓜的“生瓜蛋子”虽然能吃，但终究有点暴殄天物。乡下孩子都懂得瓜熟蒂落、顺其自然的道理，但此时除了等待别无他法。

“夏至”，等待太阳下山，等待酱饼上霉，等待蚕儿结茧，等待瓜果成熟……等待季节的运行，等待自然的赐予，等待劳动的收获，等待充满希望的未来……

2016年5月28日

小暑心思独字说

农家心思亦如花

乡下人本身就口拙、木讷，“小暑”至，天大热，口干舌燥，这就更不爱说话了。

不说话不等于没心思，心思成熟了，就会如地里成熟的豆粒，被太阳晒着晒着，便“啪”的一声从豆荚中蹦了出来，一粒一粒的：热、凉、伏、闲、钱……

只需顺着这些从乡下人嘴里蹦出的字眼儿一个个写

下去，应该就是一篇不错的属于这个节气的文章吧！

“热”，是这个节气中乡下人心底里最怕的一个字，但也是最爱的一个字。

世上之事，如愿以偿的好事，往往是快到未到时最让人兴奋；是祸躲不过的坏事，更是将来未来时最让人觉得恐怖，而真正事到临头，或许不过尔尔。《月令七十二候集解》：“暑，热也。就热之中分为大小，月初为小，月中为大。”意即“小暑”之于“大暑”，还只为小热，还没到十分热、最热。然而正是这种“还没到十分热、最热”之“小热”，往往让人特别怕。

不要以为乡下人在太阳下晒惯了，在地里烤惯了，汗水也流惯了，便热惯了不怕热了，那是没把人当人看；是人都怕热（当然也怕冷）——不，动物也怕，你看那些整天警惕性都很高的看家狗，在这个季节也热得趴在树荫下喘气了，其警惕性也比平时放松了许多；还有那正在耕田的大水牛，一犁还没到头，它就急着往水里跑，且一下水便不肯再上来；连天上的鹰，这会儿也飞得很高很高，那只是为尽量躲避地上腾起的热浪……动物们尚且如此怕热，更何况是人呢?

然而，“小暑”时节乡下人又真的十分喜欢热，因为他们另有心思——担心小暑不太热，甚至太不热。

不太热，甚至太不热的“小暑”，江南并不是没有——那样的年份，夏季风总羞羞答答的，黄梅天或死皮赖脸，或情深意长，任凭北方的土地上已旱得冒烟、热得起火了，她偏偏迟迟不肯与江南这块土地作一次一刀两断的告别，于是，总笼罩在雨中的江南，便一直浸润在雨水的清凉中，甚至晚上和夜间，乡下人睡觉还要盖上一床薄薄的棉被。而每当此时，记得我父亲则常常会叹息一声，并念叨一句古话："六月天盖棉被，有稻也没米呵！"（吴方言中的"被"读作 pī，与"米"完全押韵）是的，此时的乡下人，一点儿也不会感谢老天在这个本该炎热的季节仍给他们以清凉。

此时，早稻已快成熟，甚至已经成熟，得赶紧收上。而这赖着不走的黄梅天，首先让早稻的收割成了问题——即使收割了，也无法脱粒；即使脱粒了，也无太阳晒干，总之只能眼睁睁看着上霉、烂掉。乡下人将此称作"烂稻场"。其次，早稻收不上来，双季晚稻的栽插自然会被耽误，而晚稻栽插得越早，其秋后的收成会越好，如果晚过了"立秋"栽插，秋后就几乎没有收成了，我父亲所念叨的"有稻也无米"便主要指这一点。总之，若"小暑"时节不太热，甚至太不热，乡下人不但一春的汗水就有可能白流，而且秋收的减产也几乎在所难免。所以，"小暑"时节，乡下人再怕热也不会贪凉，反而希望这过于清凉的天能快快地热起来。怕热的同时又盼热、爱热，简直是乡下人在"小暑"节气遭遇的一个季节悖论！

好在"六月里盖棉被"的年份虽然有，但毕竟不多，更多的年份里，在这个节气中，乡下人心底里最甜的一个字是——"伏"，最苦的一个字也是——"伏"。

"伏"是个文言词，江南人多说吴方言，而吴方言中本就保留着很多文言词，于是在这个季节里，这"伏"字成了乡下人几乎是挂在嘴上的一个词，因为"夏至"

过后，天即入“伏”，也就是到“数伏”天了；而“小暑”一到，便是初入三伏，俗话说：“冷在三九，热在三伏。”所谓“伏”，即“伏倒”、“隐伏”、“藏伏”等，亦即“隐伏避盛暑也”。

对于乡下人来说，藏伏在一个“伏”字背后的，首先是香甜——且不说这个季节，甜瓜、西瓜开始甜熟，即使是玉米秆，咬一咬竟也是甜的。试想一想，赤日炎炎，漫漫苦夏，还有什么事能比找一处阴凉的地方让自己“隐伏避盛暑”、美美睡一觉更觉香甜的吗，尤其是乡下人？

乡下人日出而作日落而息，昼长夜短的夏天，睡眠的时间本来就少，再加上夏天有一干扰乡下人睡眠的天敌，那就是蚊子。为了挡住蚊子的侵袭，蚊帐是乡下人夏天生活所必不可少的，只是暑天中的蚊帐内，往往无异于蒸笼，人在其中是很难入睡的；因不容易入睡，梦中又常闷热难当，不自觉地将蚊帐打开，以致被蚊子又趁机袭入，把人咬醒……如

雨情缱绻

此一夜折腾几番，哪还能睡好！夜里“欠觉”多了，“补觉”自然只能在白天。白天虽然比夜晚炎热，也没有夜晚安静，但最大的好处是蚊子不会出来捣乱。于是乡下人暑天的午睡特别的香甜——事实上，他们一年四季并无午睡习惯，只在这大热的暑天，或在某个有阴凉的巷口，或在某棵大树的树荫下，三三两两一起，本只是为了喝口水，歇一歇，躲一躲中午太过热烈的日头，但说着说着，眼皮就打起了架，于是就干脆就地倒下，或就在用来喝茶的春凳上，或就在一条坐着的长凳上，或干脆就在还算干净的地面上，光着膀子，呼呼大睡起来，直睡得鼾声如雷、口水从嘴里流出很长……他们一点儿也不担心如此睡觉会生病或感冒，他们知道这是伏天赐予他们的福分——伏天的“伏”字，亦有阴气受阳气所迫，伏于地下之意。

然而，尽管这伏天的小睡是老天赐给乡下人的福分，但是他们并不能就此长伏不起，他们再香甜的睡梦注定总是要被痛苦地惊醒。

“田里这么多活，你咋还在挺尸！”猛然间家里的一声河东狮吼，让男人与那一位在水一方的梦中佳人都魂飞魄散……

“妈妈，妈妈，弟弟掉塘里了！”孩子的一声呼喊，让睡梦中还发出笑声的女人突然哭喊着冲出门去……

有时惊醒乡下人的则是那午后的雷声……

痛苦醒来的乡下人，不得不回到烈日下、骄阳中；而在那里等着他们的真正痛苦，又会让刚才美梦被吵醒的痛苦转瞬就简直成为了一种甜蜜。

虽说收获总是令人感到高兴和甜蜜的事，但是早稻的收割，其辛劳完全可以把这种高兴和甜蜜消解殆尽：一弯下腰，就会感到田里的热气在向上蒸腾，正蒸在人的脸上、胸前，而阳光照在背上如火烧一般，人就这样腹背受“敌”（热）；每割下一棵稻子，稻穗芒和叶都会不客气地在你的脸上、胸前、臂膀上乱戳乱割，不停流出的汗水，正好流进这些被戳破割裂的伤口，这些伤口虽然不深，但汗流进去，腌得人又辣又痛又痒，那是同样不在话下……割下的稻子还要赶紧脱粒。为了赶时间，早稻的脱粒都是就在水田里进行的：一台与谷桶相连的脚踏打稻机，被两人一起用力踏得“吭哧吭哧”作响，那脱粒的滚筒也随声飞转；其他人踩着田里没过脚背直陷到小腿的泥水，抱着正滴水的稻把按在滚筒上，稻粒被艰难打下的同时，滚筒也一下失速，打稻机的“吭哧吭哧”声也会变得如发病的气管炎病人一般喘不过气来；这时抱着稻把的人也要帮着用力一齐猛踏打稻机，才能使这个发病的气管炎病人的那口气不至于落下去……被脱粒下来的稻谷，从打稻机的谷桶里装进稻箩，稻箩外便有水渗出滴下；如此滴着水的稻谷又湿又重，堆尖两箩有两百多斤，但必须用肩挑到村边的稻场去晒干扬净……当挑着这样的两箩稻子，踩着没过脚的泥水，深一脚浅一脚地走向稻场时，原本所有收获的喜悦早不知哪儿去了，涌上心头的岂只是那一个“苦”字了得？

一个让乡下人甘苦尝尽的“伏”字，实在是“小暑”节气赠予乡下人的一碗人生苦酒，有这碗酒垫底，此后任何的世态炎凉与人情冷暖，对于乡下人来说，一般都能痛快饮下了。

然而，自从一个叫袁隆平的人发明了杂交水稻，并将水稻品种改良得一季的收获大大超过“双季稻”后，“双季稻”自然很快被乡下人抛弃了，抛弃的当然便连同着这个“伏”字背后的季节甘苦；几乎与此同时，一个“闲”字便成了乡下人心底里最得意的一个字，只是也与此同时，最忐忑、最尴尬的一个字竟也是这个“闲”字。

“芒种”时，所有“夏种”作物都种下了，此后便只需适当的田间管理，便可等着秋后的收获了；而田间管理，无非是放个水、喷个药、撒个肥等，这些活只隔三岔五才有，且都是干起来很快的轻松活儿，因此，时至“小暑”，进入“三伏”，乡下人便真的可在家一日“三伏”了，甚至还可“伏”在电扇下、空调房。这让乡下人起初很得意，得意于他们拥有的“闲”一定比城里人多多了，尤其是在“三伏”天，还有年底的“三九”天里，虽然他们拥有的“钱”不比城里人多。因为“闲”与“钱”在吴地的有些方言中的读音几乎一样，所以江南的乡下人的“小暑”生活又似乎总在这“钱”与“闲”二字间抉择与挣扎着。

乡下人发现这有“闲”而缺“钱”的日子并不完美，于是闲得有点忐忑，最后终于闲不住了。每年“夏至”过后，开始有乡下人离开他们的田野，走向他们的县城、省城，甚至更远的城市，直到秋后才回来，将“小暑”之后的土地与庄稼，全交给了他们家里的女人和老人，直到秋后，他们才回到村里，回到土地上；他们就这样在中国的乡村与城市间来回奔走，如候鸟一般；在留在

山雨不知心里事

村里人的眼中，他们似乎变得越来越像城里人，可在城里人的眼中，他们永远是乡下人，他们成了现实生活中的尴尬人。而乡下人现实生活中的这种角色的尴尬，也让他们背后的一个个家庭、一座座村庄、一处处田野，都渐渐变得尴尬起来：这个季节里，本该人欢马叫的稻田里，只有稻子在孤独地成长；本该热闹的村巷口、树荫下，如今只有一两只看门狗趴在那儿打盹；村外的池塘里绝没有孩子在水中或扎猛子或学狗刨；唯有谁家院子里传出几声老人的咳嗽声，尴尬地显现着村庄还存有几分活气。

一个“闲”字，让乡下人有机会向“钱”奔去；一个“钱”字，又让村子似乎越发地“闲”了，在这个本不该闲的节气里；这样的闲，终究让乡下人感到忐忑和尴尬，也成了乡村一个最大、最沉重的心思；这个心思，在农忙的时节看不出来，在原本农闲的冬春也看不出来，唯有在这伏天，它竟如同“六月六，晒龙袍”的日子里乡下人家所有的财富与隐私一样，全在这六月的阳光下曝晒着。

“小暑”的一个“闲”字，其背后是乡下人连同他们的乡村一起遭遇的一个十足的时代尴尬！

2016年6月10日

大暑的悖论抑或禅

栽种“双季稻”的年代，“大暑”与“小暑”的江南田野是有很大不同的：“小暑”，田野中弥望的是早稻成熟的金黄，当然还有正在为之挥汗收割、脱粒的人们；“大暑”时节，同一块田地里，稻子已被割去，土地已然经过耕翻、耖细、耙平，且重新灌上了水，白茫茫的一片，烈日下的人们正弯腰在这一片片的白茫茫中描画着一行行、一条条、一片片的嫩绿——正挥汗栽插后季稻秧。

自从“双季稻”从江南田野中消失后，“大暑”、“小暑”的江南景象，便事实上差别不大了，而之于人的感觉更几乎相同了，那就一个字——热。尽管《月令七十二候集解》中说，“大暑，六月中。暑，热也，就热之中分为大小……斗指丙为‘大暑’，斯时天气甚烈于‘小暑’，故名曰‘大暑’”，其实就人之感觉，并非一定“大暑”就比“小暑”热，甚至实际情形也并非一定每年“大暑”

的平均气温都高过“小暑”。然而“小暑”、“大暑”是一年中最热的节气，这是肯定的，故有农谚曰：“小暑大暑，热死老鼠。”对于“小暑”、“大暑”的天气，东汉刘熙《释名》中有这样的描述：“暑即煮，火气在下，骄阳在上，熏蒸其中为湿热，人如在蒸笼之中，气极脏，也称‘龌龊热’。”好一个“龌龊热”，大约就是如今所称之“桑拿天”吧！“龌龊热”也好，“桑拿天”也罢，总之热得肮脏，热得憋闷，热得糟糕！因此，在这个节气中因“双季稻”而生的“双抢”（“抢收抢种”），该是对自然与生命的一种双重戕害，而袁隆平让“双季稻”从江南大地上彻底绝迹，想来真的是功德无量！

渴望风来

没有了“双抢”，乡下人在这三伏天才有条件真正“隐伏”；属于这个节气的所有生命，才能真正自由地生长、尽情地绽放、炽热地爱恋；属于这个季节的乡村和属于乡村的这个季节，才能真正名副其实。

“大暑”即大热，大热使生命在这个节气里获得了生长的极速。大田里晚稻在分蘖，中稻在拔节，人走在田埂上，除了能听到热空气哄哄作响外，还似乎能听到稻子分蘖与拔节的声响。知了伏在树枝上大叫“热死了！热死了”，似乎这属于夏天的小生灵已在这夏季最热的节气中奄奄一息了，但是殊不知一支属于树木的成长之歌正被它在林间唱得山响，那树干的年轮正是在它的高唱中极速地拓展，那树枝和树叶落在地上的阴凉竟然一天大于一天。瓜田里的各种瓜，似乎像正在吹气的气球，一天大于一天，卧在田间，密密瓜叶终于无法将它们遮掩，瓜皮映着烈日闪着亮亮的光，似乎在性急地向人们炫耀着自己的成熟和即将成熟；“胀煞狗”（一种菜瓜）金黄色的花朵，如一只只正在吹响的喇叭，吸引着蝴蝶们忙着为它传粉，以便结出更大的瓜。菜园里的辣椒、茄子虽然很低调，无论是白的、紫的，花都一律开得很小，但是它们或许是不想将自己生命的热情过多地浪费在花事上，而是想尽量多地都用在结辣椒和茄子本身上，果然，辣椒是一串一串地结，茄子是一杈一杈地结——每一杈都是一变俩，俩变四，几何级数地努力增加着结出的茄子数量。各家门前屋后院里的藤蔓，长得更是极快，快得似乎如同动画片里一般，只一日或一夜之间，便越过了主人家的院墙，将触角伸到了邻居家的院中，将一串红的、蓝的，或白的花朵，开到了邻家的屋檐下，也将一串豆角，或几条丝瓜，结在了邻家的山墙上。“大暑”，便是这样，用全部的热情呼唤着所有生命的名字，吹响着一则大地上以生长为主题的进行曲；并就着这份热情，让劳动蘸着滚烫的汗水挥洒在天地之间，写下一首热烈的诗篇，告诉大地上所有的生命，当然也告诉我们人类：使生命走向成熟的，并不只是时间，还有热情、成长和经历。

鱼翔浅底

“大暑”即大热，大热让乡下人在这个节气里最渴望来一场暂时能带来些许清凉的雨。“大暑”的雨似乎脾性不大好，你久盼它来，它偏偏不来；你正晒霉，觉得它不可能来，它却偏偏来了。脾性不大好的雨，与脾性不大好的人一样，一般都是直性子和急性子，这不，“大暑”的雨一来总“黑云翻墨”，“白雨跳珠”，酣畅淋漓极了，且总是携着电闪雷鸣。乡下人最喜欢热闹了，轰隆隆的雷声他们原本是喜欢的，他们不喜欢的往往只是那张牙舞爪的闪电，因为这闪电据说还会电死人和牲畜，点着房屋草堆。那哗哗的雨声让乡下人喜欢极了，不只是因为它能带来短暂的清凉，更是因为他们知道，这雨落到地上便是水，而水是所有农作物生长的源泉，也是所有生命的源泉。只是这“大暑”时急性子的雨，来得急走得也急，总是当机立断，决不拖泥带水；正当人们躲在瓜棚里，听着哗哗的雨声满耳，看着白白的雨帘当空时，似乎突然间，这雨声就戛然而止，这雨帘便收了起来，阳光又迅速泻下，若不是天空中留下一道彩虹，让人似乎会觉得刚才的雨是否只是下在了梦里；当然，能对刚才的雨起确切证明的，还有飘落在午后空气中那短暂的、丝丝的凉意。暂时的丝丝清凉，足可以让人借之“隐伏避盛暑”一番……

雨后的黄昏，燕子最先从屋里飞了出来，飞到村子的上空，飞到村外的水面上，轻灵的翅膀与雨后平静如镜的水面不时触碰，每触碰一次，水面上便留下一圈又

一圈的波纹，如绽放的笑容。跟着燕子飞出来的是乡村的孩子，他们蹑手蹑脚地从家门里溜出来，飞快地跑出了村子，爬上村口池塘边的一棵棵柳树，趁着雨将知了的翅膀淋湿了，正好去捉那在树上叫得得意忘形的知了；他们轻轻地上树，慢慢地接近，突然出手，一把就将知了捉住；当然他们有时也会失手——几乎就在他们突然出手的同时，知了突然起飞，还发出“叽”的一声，似乎是对他们的嘲笑；每当此时，他们便从树上跳下，正

好落进塘里的水中，顺势扎一个猛子，等他们从水里冒出头来时，手上举着的又是一只大大的河蚌，甚至运气好些还是一条不小的鲫鱼。他们举着鱼大呼小叫地回家，将还想趁着难得的清凉再睡一会儿的大人们吵醒，孩子妈发现浑身湿淋淋的孩子，骂一声“怎么没淹死你呵”，便追打着孩子去了，只穿着睡觉时穿的背心和裤衩……孩子爸被吵醒后，到灶头的烟囱旁摸出一包早开了包的香烟，抽出一根点上后，将包又放了回去——开了包的香烟放在那儿，梅天也绝不会上霉——他将一大片烟雾留在了自家的院子里，然后便光着膀子扛上一把锹或一把锄头，从容地出了院门，或是去放掉地里雨后多余的水……

“大暑”让乡村男人们的每一块健壮的肌肉都裸露着一种古铜色的美，也让一贯保守的乡村女人们也都卸去了所有的遮掩，展示出一种属于乡村、属于劳动者的健美身材，甚至哺乳的新媳妇也会当众撩开衣襟，豪放地露出白白的乳房给孩子喂奶，让整个村子充满着生活的奶香；而如此吃着母乳和吃着如此母乳长大的孩子，更是趁着大暑日日在水中裸泳……“大暑”让原本有几分野性的乡村，呈现一种难得的野性美，也让乡下人得以忙里偷闲地享受一份滚烫的爱、炽热的情。

“大暑”，无论其“暑”多“大”，都是面向所有人的，但“大暑”中的小清凉、小快乐和大热情、大美丽，则是属于生活的有心人和人生的有情人。有心人能从工作和学习中得到“夏练三伏”的收获，有心人更能使生命本身得到“心静自然凉”的启示。

“大暑”，作为一个自然的节气，它承载了自然运行中最大、最高的炎热，让我们感受到这个“伏天”竟然同时是一个万物最蓬勃向上的季节，让我们又一次领略到大自然的多元、多彩和多情：暑，给我们热；风，又使我们凉；雨，使我们潮湿；阳光，又给我们干爽。

“大暑”即大热，大热竟也成全了一则属于乡村、属于季节、属于生活本身的禅。

2016 年 6 月 10 日

秋

立秋　处暑　白露
秋分　寒露　霜降

人间万事成惆怅

走过了春天的蓬蓬勃勃，历尽了夏天的风风火火，季节便成了一位中年的汉子，生命中的稚嫩和狂热都已褪尽，音容笑貌中多了几分淡然，举手投足间总是那么从容，虽然其淡然中多少也有几分无奈，从容中更有几分倦怠。

呵，秋来了！

每一个季节的到来，都是生命在赴一场注定的盟约——虽为注定，但真正身临其境时，其心情与感受终与远眺遥想时大不相同。

秋天虽说是成熟的季节，但其成熟又总是以叶落草黄为前提，以水瘦山寒为形态，更以萧瑟、凄凉和悲情的方式来实现；四季的更替，是自然的循环，谁也无法阻止，谁也无法改变。我们不能挽留时光的流逝，我们不能阻止生命的老去，而生命的老去，似乎就是从秋天开始的。

“悲秋”岂能不是这个季节赋予生命的主题！

好在序属三秋，人到中年，曾经再美好的风花雪月，也如远山秋林，落叶纷纷了；同时，再沉重的人情世事，也如秋日晴空，风轻云淡了。烂熳之后，复归于平淡，是一种生命的大智；热烈之后，相忘于江湖，是一种人生的大悟。

“谁道秋下一心愁”？

在这个季节，繁花落尽之后，明净的秋水中还可留得夜听风雨的残荷；绿叶凋零之后，旷远的天地间还将回荡北雁南归的鸣叫；红颜消褪之后，月白风清的长天里还有一颗超越尘世的爱心。

在这个季节里，让我忘了春寒夏热，“却道天凉好个秋”！

秋

立秋 处暑 白露
秋分 寒露 霜降

人间万事成惆怅

立秋不待三伏尽

未觉水寒秋已近

其实，夏天的江南是决不会因为“立秋”一到就立马退去炎热而生出秋凉的。

我的记忆中从来都不曾感觉到，“立秋”之后天气酷热的程度较之“小暑”、“大暑”突然有明显降低，甚至更热的天气出现在“立秋”过后也并不算稀奇——此谓之“秋老虎”，意即这种秋后的大热很伤人，很是要人命，如老虎吃人一般。所以，“二十四节气”中之“立秋”，虽然从天文学的意义上说意味着季节从夏天进入秋季，但是人所能感觉到的“秋意”其实几乎全无。

然而，记得小时候，我还不能将“二十四节气”记完整时，便已对其中的那个“立秋”不但很清楚，而且很在意了，那是因为我家乡有这样一句老话：“秋瓜子不拉藤，人人都有份。”此话意思是说，只要时过“立秋”，无论谁家的瓜田，只要藤上还长着瓜，一律见者有份，无论是谁，都可自摘自享，主人是不可阻止和指责的。正因为这句老话，我小时候每到夏天，便盼着农历七月初五前后的那个“立秋”日早点到来——那以后在野外放牛放鹅时，若饥渴，或嘴馋，去人家瓜田里摘个甜瓜、西瓜，或充饥，或解渴，或煞馋，就可理直气壮，没人敢说我这行为是“偷”了。“二十四节气”中真没有哪一节气如“立秋”那样，仿佛一道“共产主义”实现令一般，让我们这些乡下野孩子无比向往和衷心欢迎，乃至“耿耿于怀”！

只是那时的我们并不知道为什么会有这么一句老话，更不知道此话背后究竟有着怎样的道理，即，为什么“立秋”一过，瓜田里的瓜似乎就一钱不值，成为“共产”对象了呢?

其实，如果“立秋”后瓜藤不拉掉，哪怕是看上去半枯死的瓜藤，也会再度开出花来，再结一次瓜的，只不过会个头小一点儿，味儿也差一点罢了。但是农民们似乎都会赶在“立秋”前夕把瓜藤连根拉去，并迅速翻耕、上水并插上秧苗的。因此，虽然有“秋瓜子不拉藤，人人都有份”的老话，但事实上“不拉藤”的“秋瓜子”并不多。也正是如此，这才让我后来渐渐明白，原本此话背后的道理竟是催促农民抓紧农时，别误了庄稼耕种的茬口——若时至“立秋”，瓜田里的瓜藤还没拉去，即意味着这田地的主人是个懒汉，既然如此，那本已结过瓜的老藤上再结出的瓜，也并非他劳动和汗水的结晶，只是土地的自生，与野生的本无区别，便自然可“人人都有份”了。

另外，关于“秋瓜子不拉藤，人人都有份”的原因还有一说：西瓜、甜瓜等瓜类，多数都有滋阴功效，盛夏时令多吃自然有降火滋阴的功效；而“立秋”之后，时令阳衰阴盛，再多吃瓜类自然于身体无益，所以，秋后人们一般该少吃瓜多吃果了。也因此，时至“立秋”，即使瓜藤还能结出不错的瓜来，也得及时拉掉。

“立秋”，虽然一般情况下的确不会让天气突然间在夏热中生出秋凉来，其之于人们身体的直感也并不会十分明显，但是季节的转换又的的确确在人的这种不知不觉间就悄然发生了，无论是之于全年农事来说，还是之于人的身体节律来说，“立秋”都是一个重要节点。

从前江南是种“双季稻”的，即为了充分利用土地多产粮食，同一块水田，一

众鸭未觉秋水凉

年要插两茬秧，收两季稻，前者谓之“早稻”，后者谓之“晚稻”，而这晚稻的秧苗必须在“立秋”日前插进大田。这几乎是大自然给农民们所下的一道“死命令”。然而，要将这一道“死命令”执行得不折不扣，可不是一件轻松的事，因为早稻的成熟再早也早不过“小暑”，这就意味着，早稻的收割、脱粒和收割后田地的耕翻耖耙等，必须在一个月内完成，所以如此“收”与“种”，被农民们形象地称为“抢收抢种”，简称“双抢”；而这“双抢”的一个月，又正值“小暑”、“大暑”，即一年中最热的时段，可想而知，这“双抢”之于农民来说意味着什么，那不但是出力流汗，还意味着晒脱一身皮，有时甚至得拼上半条命——有人因中暑突然就倒在稻田里或秧田里不省人事是常有的事情。所以那“双抢”又似乎已不只是一场农事，而是一场真正的战斗，一场人与大自然抢夺时间的战斗——“双抢战斗”。

如果说这“双抢”确是一场“战斗”，那么胜利会师定然是这“立秋”日了。

此时，经历了一个月左右的出大力、流大汗，甚至一条老命几乎拼去了半条，怎么着也要好好犒劳自己一下呵！再则，我老家还有一句老话：“女馋盼生养，男馋盼栽秧。”意思就是说，女人想吃一顿好的，只有生孩子时才能吃上；而男人则只有“关秧田门”时才能吃上。而所谓“关秧田门”，就是指将这一茬的秧全部栽插完成——无论是早稻秧、中稻秧还是晚稻秧，插完工的那一天，照例都要大吃一顿以示庆祝。另外，乡下人本来就有“立秋啃秋”的习俗，即在“立秋”之日的晚上，一家人围坐一起，啃吃西瓜和秋桃，其意在表达人们“啃下酷夏，迎接秋爽”的愿望。总之，在我的记忆中，老家的“立秋”日，是一个不是节日的节日，场面可比北方人或今天的城里人之“啃秋”豪放得多了：稻场上，院落里，树荫下，人们席地而坐，不但抱着红瓤西瓜啃，绿瓤香瓜啃，白生生的山芋啃，金黄黄的玉米棒子啃，而且手抓着自养自宰自做的水煮猪蹄髈啃，红烧糖醋排骨啃，盐水鸡翅膀啃，清蒸鸭四件啃……以一种最原始最本能的方式，抒发着一种劳动的喜悦和对丰收的期盼。

所以，对于张焘的《津门杂记·岁时风俗》中所载“‘立秋’之时食瓜，曰‘咬秋’，可免腹泻”的话我

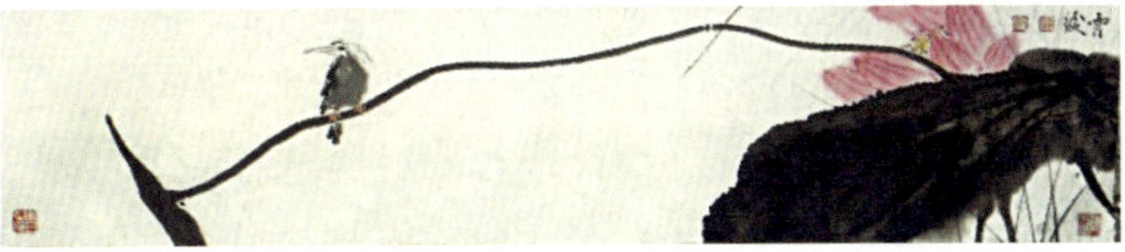

独立寒秋

是绝不相信的，我更不相信“立秋”吃西瓜是个治“癞痢头”的偏方；我相信“立秋”一过，大自然中所有的病毒和寄生虫，其活动都将与“秋后的蚂蚱”一样，“蹦跶不了几天”，人们即使不曾在“立秋”吃过西瓜啃过秋，其腹泻也罢，“癞痢头”也罢，也都将会渐渐好转的。

“立秋”，毕竟是秋天走来的标志，哪怕此时“秋老虎”正发威。

2016 年 5 月 22 日

处暑的异己存在

自诩万物灵长的人类，其实在有些方面有时还不如一只小小的蛐蛐：“七月在野，八月在宇，九月在户，十月蟋蟀入我床下”，你看，小小的蛐蛐，对于季节变化，无论是感知还是应对，都是十分敏锐和及时的，与之相比之下，人则要迟钝许多。

当蟋蟀从田野来到屋檐下吟唱时，节气已是“处暑”，它所吟唱的实际上已是一曲属于自己短暂生命的挽歌，也是属于作为一个季节的夏天的挽歌，在这样的歌声中，夏天的背影越来越遥远，秋色已在不知不觉间浸润了天地万物；可是人的感觉似乎还是热，并还在抱怨着热，抱怨“秋后十八盆，盆盆秋老虎”，尤其是中午前后的酷热，常常会让人觉得热情的夏天似乎还在。

的确，“处暑”在“二十四节气”中的现实存在感并不强！还有它名称中的那个“暑”字，也常让有些人将“处暑”误当作是一个夏天的节气，有人还会因此而进一步不解——怎么会在“小暑”、“大暑”与“处暑”间夹着一个“立秋”呢？虽说“立秋”之后常有“秋老虎”出没，但毕竟一个不乏萧瑟之气的“秋”字夹在三个热气腾腾的“暑”字之间，似乎总有点儿奇怪——我们的祖先是不是在这儿把这几个节气的顺序排错了呵？

其实，如此不解和疑问，只因为不知这“处暑”的这个“处”字的意思——“处，去也，暑气至此而止矣。”《月令七十二候集解》如此解释。也就是说，时至“处暑”，暑天的炎热就此过去和停止。

玉露

四季如一辆高速行驶的列车，在立秋之日，大自然踩下了这列列车属于夏天的刹车，开始让列车照例进入秋天的领地；只是这列车行驶的速度太快，惯性太大，刹车一直踩到“处暑”节气，才让这狂奔的列车真正减速成功，夏天的暑气这才被它有所甩脱，窗外才真正有属于秋天的风景展开。因此，“立秋”只是从天文学意义上说来的秋天的开始，而若从气象学意义上来说，真正的秋天倒应该是从“处暑”开始的。换言之，我们既可以说“处暑”是一个秋天事实上开始后的过渡性的节气，也可以说它是一个真正标志着夏天过去秋天开始的关键性节气。

青天

“处暑”的过渡性特征，使得它在“二十四节气”的形成过程中出现得较晚，战国后期成书的《吕氏春秋》中的“十二月纪”是“二十四节气”的雏形，其中还没有“处暑”的身影，只有“立春”、“春分”、“立夏”、“夏至”、“立秋”、“秋分”、“立冬”、“冬至”八个节气名称，直到秦汉时期成书的《淮南子》中，“处暑”才在“二十四节气”中姗姗来迟，而此“二十四节气”名称已与今天完全相同了。“处暑”的关键性特征，又似乎让人们觉得，“处暑”较之于“立秋”，无论是之于季节本身的意义，还是之于我们现实生活的意义，似乎都只在其上不在其下；关键性与过渡性特征并存，使得“处暑”在“二十四节气”中的异己性并非只体现在名称上——名称的异己性事实上只是今天人们的一种误会——还体现在这个节气中的一些农事与风俗上，即不同地域间，甚至同一地域间，也常常存在着一些事实上的悖论。

《历书》将“处暑”分为三候：“一候鹰乃祭鸟；二候天地始肃；三候禾乃登。”意思是在“处暑”节气中，老鹰开始大量捕猎鸟类，天地间万物开始凋零，黍、稷、玉米、高粱等农作物成熟登场。所以“处暑”节气的北方农谚是：“‘处暑’有雨万人愁。”“‘处暑’好晴天，家家摘新棉。”然而这只是在中国的北方，在江南和华南的广大地区，景况则并非如此。

在我老家，每到“处暑”，中稻开始扬花传粉，晚稻正拔节运穗；旱地作物，花生正在开花下锥，红薯正在地下长大，各种豆类也正结荚长粒……总之，多数农作物都在作着成熟的最后努力。而此时对于它们来说，最需要的是什么呢？记得小时候，每逢“处暑”来临，父亲最爱念叨的一句话就是：“‘处暑’‘处暑’，处处要水。”在吴方言中的“暑”与“水”基本同音，所以这一句俗话用我老家方言说起来是非常顺口的，所以几十年过去了，我至今还清楚记得。与之类似的农谚还有：“‘处暑’里的雨，谷仓里的米。”其意思就是，“处暑”节气里雨水对于农作物的成长和成熟是非常重要的，如果缺乏降水就会造成减产；“‘处暑’天若不下雨，纵然有稻难有米。”此谚语所说的意思也基本与之相同。

由此可见北方之“有雨万人愁”、“‘处暑’好晴天”，与南方之“处处要水”、“‘处暑’里的雨，谷仓里的米”正是属于“处暑”节气的一个悖论。

“处暑”的异己性还体现在人们与这个节气相关的日常生活和习俗中。

北方因为这个节气是一个事实的收割的季节，农事正忙，于是便有“三春不如一秋忙”的俗话。而与此同时，在中国的南北方，民间向来都有“七夕看巧云”的习俗；而这一习俗，与其说是为了看云，还不如说是来一次“出游迎秋”活动。试想，天高云淡，静静地、呆呆地、闲闲地看云，热闹地、热烈地、热情地迎秋，自是一段怎样闲适而诗意的生活呵！

留得残荷听雨声

虽说中国文化中有一个“悲秋”的主题，士大夫有一种“悲秋”的情结，但对于一般乡下人来说，秋天永远是没有“悲”而只有“喜”的。北方已是丰收季节，南方也丰收在望，自己流下的汗水都将在这个季节得到回报，其何“悲”之有呵？即使想起逝去的亲人故旧，那也只需邀他们与自己共享这丰收，其悲伤的心也将得到些慰藉。于是，“处暑”节气中便有了七月十五之中元节，乡下人习称之“鬼节”或“做七月半”。

之所以称为“鬼节”是因为这是一个祭祀的节日，

所有节日活动都基本围绕着祭奠亡灵而展开，其中心活动便是放河灯。“河灯”一般由底座和灯两部分组成，底座都用能在水上漂浮的物体制成，灯或用油灯或用蜡烛。因河灯漂浮在水上如荷花，所以也叫“荷灯”或“荷花灯”。七月十五中元之夜，将河灯放入江河湖海之中，任其漂浮，意在照耀逝去的亲人们在投生之路上一路走好，其中更多寄托的当然只是活着的人们对于逝去亲人的悼念与祝福。中国人祭礼和习俗的形式有很多，想来这放河灯应该是最有诗意的吧？盏盏河灯，漂浮水面，同时映照着水面与天空，如同阴、阳两界被同时照亮，而如此被一灯同时照亮的两界，此刻该是相通的吧？因此，在中国所有祭祀形式中，“放河灯”有着很强的存在感，甚至，中元节这个处在“处暑”节气中的节日，其存在感要远远超过“处暑”本身。

的确，“处暑”是“二十四节气”中一个异己存在，其存在感似乎并不十分强。

不是吗？在季节的运行过程中，夏天无疑是一场季节的盛筵；季节也好，人生也罢，总是“千里搭凉篷，没有不散的筵席”，而这“处暑”便是夏之盛筵的散场，其存在感充其量也就是一个过场而已；但所有过场都必须走过，何况每一次散场，都是为了下一次相聚！秋之筵席虽然其盛不如夏，其如同人之中年，精力、体力和遇事的热情都不如青年了，但毕竟也是季节必不可少的一环，其季节的风景又是另外一番。

我十分庆幸自己生活在一个四季分明的国度里，平时每想到那些生活在赤道附近的人，一年到头大汗淋漓，不说那样的日子想想都难过，只说其没有春、夏、秋、冬的人生，终究是太令人遗憾了。

“处暑”过后，“一场秋雨一场凉”，由凉变寒的过程便是秋天，而由凉变寒总让人怀念温暖，甚至连同温暖过度的炎热也在怀念中变得美好而可爱，因此，小学生的课本上竟然有这样的句子：“可爱的夏天就要过去了，我们十分怀念这个夏天。”

说这话的时候，一定身在“处暑”；“处暑”过后，暑假就将结束，上学的孩子们都将开学。

2016 年 6 月 11 日

露从今夜白

蒹葭苍苍，
白露为霜；
所谓伊人，
在水一方……

就因为《诗经》中的这首诗，“白露”应该是“二十四节气”中最有诗意的一个吧！

只是两千多年前的秦人，最早在渭水之滨唱出这首诗时，“二十四节气”还没有在中国文化中诞生，连此后作为其雏形的“十二月纪”，其中也没有“白露”的身影。就这一点来说，“白露”与“处暑”是一样的，但是不一样的是，“白露”似乎从来就在中国文化中有着很强的存在感，且这种存在感在它出现在“二十四节气”中之前就已然以诗的方式充分而顽强地显示了。

的确，“白露”作为一个节气的存在，似乎远没有她作为一个诗歌意象的存在出现得早，且给人印象强烈，诗中的“白露”，恰如一个姓“白”名“露”的小姑娘，远远地在水一方，也在每一个中国人的梦中和心头，她巧笑倩兮，美目盼兮，让一代又一代中国诗人，为她感动、感慨和感伤。

“譬如朝露，去日苦多”，这是一代枭雄曹操对她流露出的感伤，为红颜易老、青春易逝；“秋风萧瑟天气凉，草木摇落露为霜”，这是贵为天子的曹丕，面对她而生出的感慨，为天地的苍凉，为人生的无常，为生命的无奈；“道狭草木长，夕露沾我衣”，这是陶渊明为她的清丽、多情而生出的深情；“露从今夜白，月是故乡明”，这是诗圣杜甫遭遇国破家亡后，从她那儿得到的慰藉……

露从今夜白

“白露”，完全是一个诗意的存在，无论是在“二十四节气”中，还是在人们的现实生活中，抑或在中国漫长的文化史中！

诗意来自于美好。“白露”是一个美好的节气，所有用来描写秋天美好的陈词滥调，诸如“秋高气爽”、“月白风清”、“天高云淡”、“秋水长天”等等，差不多都可用来描写“白露”时节的天、地、山、川、人、物、风、雨……

此时，天的色泽由浅蓝或湖蓝变成了一种瓦蓝，蓝得深而明亮，翠而透明；天的高度似乎因之上升了许多，徜徉其间的云朵，较之于先前既少了许多，又薄了许多，仿佛棉絮不太够而勉强做成的被胎，飘在了天空；其飘荡的速度是缓慢的，姿态是从容的。想来这都是因为风行进的步伐放慢了的缘故吧？此时的风不像春天的风浩浩荡荡，更不像夏天的季风和台风，总是一路向前，争先恐后，摧枯拉朽，而是总呈现出一种自由自在、不凉不热、不急不躁的特点，步子缓缓的，动作轻轻的，调门低低的，其风格如中年人行事，举止得体，从容稳妥，恰到好处。是的，季节已到秋季，如人生已到中年，且秋至“白露”，也该是中年中之中年了，花花草草的春天，醉入花丛的夏天，早已成了曾经的沧海；看眼前的大地之上、秋光之下，那些娇嫩、艳丽的花朵，经过一个夏天的激烈竞争，该争得和能争得一席之地的，早已用累累的果实确立了自己的存在和地位；而没能争得的，早已零落成泥。人生与自然之从容境界，莫过于真能“宠辱不惊，闲看庭前花开花落；去留无意，漫随天上云卷云舒”，然秋至“白露”，该是“花落”“云舒”时了吧？如果说“花开”的春天与“云卷”的夏天，“闲看”与“漫随”是一种修养，那么，此时则几乎应该是一种本能，生命的本能，人生的本能。不是吗？

时至“白露”，夜间的露水会凝聚于枝头草尖，不会再被蒸发成热气，风不再狂暴，雨不再瓢泼；呢喃的秋虫，“七月在野，八月在宇”，将寂静乡村的夜晚鸣唱得更加寂静；而乡村的夜似乎也变得越来越长了，人变得沉静而嗜睡，就连雄鸡的司晨也如梦呓一般，常常不能把人叫醒；晨起，清风拂面，自有一种凉意轻浸肌肤，又浸进心头。走向田野，鞋袜和裤角会不经意间被露珠沾湿，而一同被湿的还有心境；怀着这样的心境，或许会发现平时视而不见的野菊，此时正在向你微笑，平时充耳不闻的鸟鸣，原来竟是那么的动听。采下一枝野菊花别在胸前的，竟然是一位附近的村姑；锄禾的老农，锄累了会抬头望一望远山……这些乡巴佬、泥腿子，此时竟也成了诗人一般，竟也低头寻觅，抬头望月；竟也笑对鲜花，闲看流云。呵，“白露”让所有辛劳和忙碌的人们，即使只是庭前独酌，也能获得一份沉醉；即使只是山野漫步，也能获得一种超逸；即使只是田头小憩，也能获得一种人生的旷远。“白露”，常让人收获一份关于秋天、关于丰收的心情。

不过，“白露”并不是一个丰收的节气，尽管有“‘白露’到，打红枣”和“‘白露’的花，有一搭无一搭”的农谚和俗话，但真正丰收的时节，要待到“寒露”、“霜降”，甚至要等到秋后的初冬。不是丰收的“白露”，却是丰收的前夜。就以我的老家江南为例，此时中稻穗尖的稻粒已然黄了，穗末的稻粒在灌浆，日渐饱满；晚稻则正在运穗扬花，秋后的丰收已真的在望！北方的苹果、葡萄、香梨、柿子等，已长得足够大了，只是还泛着青色，皮下的糖分还没积攒得足够，吃起来还有点酸涩；高粱也没红透，大豆也没有满荚，玉米也没完全老熟……这一切，正标识着在“白露”，那个总缠着农人的“忙”字，还不是这个节气的主题，因为该忙的已然忙过，该有的已然将有，只需等着就行了。

蒹葭苍苍，白露为霜。

既然只需等着，就得慢慢的，因为时至秋天，地球和太阳的运转似乎也慢了不少，“春宵一刻值千金”的古训驱使着的只争朝夕、“冬练三九，夏练三伏”的俗话驱使出的风风火火，都已过去，转慢了的地球，这才让夜间的露水在草尖凝聚成珠，且挂在草尖不至于跌落，而使之在早晨的阳光下白亮亮地闪光，闪出“二十四节气”中“白露”这个诗意的名称。

“慢慢走，欣赏呵！”这是美学家朱光潜对于世人的告诫。的确，再美好的风景，如果走得太快，终究无法收获诗意。历代的诗人们，正是在这个特殊的节气中，与自然与季节一起放慢了脚步，这才使这个节气充满了诗意。

是的，不要急，也不必急，时至“白露”，一切自有定数，一切自会定型。“白露”正是一个定型的节气——是果，都将由浆变成实，由酸变成甜，由青变成红；是实，都将由空变成满，由瘪变成饱，由青变成黄；是生命，都将由稚嫩变得坚强，由轻狂变得稳重，由青涩变得成熟……人当然亦如此，在一年一年的忙碌

有位佳人，在水一方

与等待中，青春从生命中流逝，这确实让人无奈和感伤，但是，如果在这之后，人还不能变得有正形、有味道、有内涵，这人生还有什么收获可言呢？

“‘白露’不露。”此乃“白露”节气中人们关于穿衣的一句俗话，其未尝不也是这个节气中的一句人生箴言：时至“白露”，该遮避的岂止是夏天裸露的肌肤，乃至动人的曲线和丰满的身材！所有的锋芒毕露，所有的春光烂漫，所有的热情似火，从此都将含蓄地交给秋凉的考验和严冬的深藏；唯有如此经历的生命，才能进入季节的轮回。

“露从今夜白，月是故乡明。”

夏天是春天的故乡，秋天是夏天的故乡。就在那天空的月亮显得特别明亮的某个秋夜，诗意的“白露”，就会穿过春风，穿过夏雨，向我们走来，而来到我们面前的恰是那一位在水一方名叫“白露”的佳人吧！当她天真地欲将草尖一颗晶莹的露珠采撷给她的心上人时，纷纷凋落的一定不是露珠，而是那水中的芙蓉。

2016年6月12日

秋分·中秋

这一天日月相知，昼夜等长；

这一天阴阳平衡，天地同泰；

这一天秋风不冷，秋阳不热；

这一天天籁悦耳，秋声动人……

——这一天便是“秋分”！

可是现实生活中，如同许多人常将“立春”、“春分”与春节相混淆，或干脆只记得春节而忘了“立春”、“春分”一样，“秋分”的命运也因为中秋而几乎与之相同。

其实中秋并非秋天之“中”，将秋天“中分”的不是中秋，而是“秋分”！

中秋的月是圆的，象征着圆满和团圆；但是圆满决不是平衡，平衡不可能是圆满，自然与世事、人生，原本都一样；只不过人都喜欢圆满，所以喜欢“月圆”的中秋，将之作为“节”，反而将这“月缺”的“秋分”常常遗忘。

的确，“秋分”日的月亮常不圆满，多是一轮下弦月，黑白各半，挂在深蓝色的夜空中，正如地上那阴阳各半的太极图，一半阴一半阳。殊不知，这正标识着此时此刻，天地正阴阳相和，日月正阴阳相守，万物正阴阳相谐。

“秋分”是一个和谐的节气，是一年之内，天地、日月、昼夜、阴阳又一次动态的平衡；只是与“春分”的那一次终有所不同，“春分”的平衡后，天平的一端便开始偏向阳，阳始盛，阴渐衰；而“秋分”的平衡后，则是阴始盛，阳渐衰。仅从这一点来看，“秋分”似乎又比“春分”更值得人怜惜与珍视，不是吗？“春分”，意味着从春天的万物复苏走向百花盛开，再走向夏天的万物竞秀——这毕竟是生命不断的张扬；而“秋分”，却意味着季节从秋天的天高云淡走向肃杀凄凉，再接着走向冬天的天寒地冻——这毕竟都是对生命的一种摧残，至少是一种考验！

所以，“秋分”是季节运行中的一个重要节点，且我们的祖先很早就对此有了清晰的认识。

早在战国时期形成的“十二月纪”是“二十四节气”之雏形，

江月何年初照人

其中的八个节气中就有一个是“秋分”。据史书记载，在更早的周代，每至“秋分”，帝王都要举行盛大的祭月仪式，其隆重和神圣的程度与“春分”祭日、“夏至”祭地、“冬至”祭天是一样的，祭月场所称为“月坛”——今日北京紫禁城西的月坛，便是其遗存。而民间也广有拜月的习俗，所以，中国至今在许多地方都还保留着诸如“拜月坛”、“拜月亭”、“望月楼”之类的古迹。只是拜月多为女性（男性常叩而不拜），因为女性与月亮、“秋分”一样，都属阴，于是“拜月”便成了中国古代四大美女之一的貂蝉最经典的美学造型。

那时帝王所祭之月、貂蝉所拜之月都是“秋分”之月！

然而，渴望圆满几乎是中国人的一种集体无意识。明知道圆满只能是一种理想，真正的圆满事实上是不存在的，但还是要极尽渴望；此如同明明知道是人都不可能万寿无疆，但是帝王还是会很受用人们万寿无疆的山呼；明明知道是人都不可能尽善尽美，但人们还是将貂蝉拜月当作是世上最完美的一种造型。于是，岂能容忍帝王所祭之月与貂蝉所拜之月不是一轮满月呢！

据说中秋节的产生不会早于魏晋，有确切的文字记载是在隋唐，真正兴盛是在宋代。据此可知，是人们渴望圆满和完美的心理，一步步将事实上天地之间最和谐、最完美的“秋分”之月从自己祭拜的天空中赶跑了。

好在“秋分”每年都会准时到来！只是这样一来，可难为了古今的诗人们——大自然安排给“秋分”的月亮明明不是那中秋节夜晚的那一轮满月，可是在中国人心头升起的却一定是这一轮，这怎么办呢？好在诗人们终究又是浪漫的——那就让这轮明月既照亮中秋的夜晚，也照亮“秋分”的夜晚，甚至也照亮整个秋天的夜晚吧！

“天将今夜月，一遍洗寰瀛。”“今夜月明人尽望，不知秋思落谁家。”这是刘禹锡、王建笔下的中秋月，但是他们的“今夜”何尝不也是“秋分”之夜，甚至是所有秋天的夜晚呢？

“明月几时有？把酒问青天。”谁能说清苏东坡所问之月到底是中秋之月还是“秋分”之月呢？于是，自然的“秋分”与人文的中秋一起，干脆成了一个属于诗歌的节日。估计在“二十四节气”中，大约也只有“立春”、“春分”、“清明”等，激起的诗人的热情能与之相较吧！是的，诗人们唯有站在秋或春的晴空下，才能看清月亮之阴晴圆缺，人间之悲欢离合、生命之旦

月是故乡明

天上月圆，人间团圆

夕祸福；唯有在春宵或秋夕，将诗笔蘸着或春天百花的芳香，或秋日枫叶的火红，才能写尽这四季之花开花落，世事之人情冷暖，人生之世态炎凉。而这一切都只是因为，“春种夏长，秋收冬藏”是自然规定的节律——春天种下的瓜，最终得到的究竟是瓜是豆，还是苦果，秋后都会立见分晓。

时至“秋分”，“春种”的农作物都将陆续被收割，农民一年的辛苦劳动都将得到回报，此时随着“秋收”的渐渐展开，所谓“冬藏”的日子也越来越近。然而，《千字文》里“秋收冬藏”一句中的这一个“藏”字，想来除了是指收藏好秋天收下的过冬粮草外，还应该指所有越冬的生命都得“藏”好自己的身体，以免被冬天的寒冷所伤害吧？

藏，并非深藏不露，深于城府，而是必要保护，有所保留；时至“秋分”，季节既沐浴过春风秋雨，又面对过春花秋月，我们应该从此学会含而不露、从容而淡定地存世处事。

藏，亦非老谋深算，明哲保身，而是顺应适应，图存图强；时至“秋分”，自然曾衰极而盛，又盛极而衰，我们应该从此懂得盛衰之变的规律，学会沉着，学会等待，学会变通。

藏，更非落井下石，损人利己，而是未雨绸缪，甘当人梯；时至“秋分”，生命既将面对深秋的寂寞，又要经历冬天的严寒，我们应该从此就开始准备，将那总是在冬天孕育的春天扶上马，送一程……

时至“秋分”，“秋分”已不只是一个节气，其既如一位沧桑的老人——绝没了春天的脆弱，也如一位激情的诗人——绝没了夏天的冲动；既如一位睿智的哲人——唯有秋天的风度和深邃，也如一位辛苦的农人——唯有冬天的朴实和沉静。

“秋分”，她应该还有一个名字，叫——和谐。

2016 年 6 月 13 日

寒露物语

“寒露”并非秋天的最后一个节气，自然也非最寒冷的一个节气；只因为其名称中的一个“寒”字，时至“寒露”，山、林便称之为“寒山”、“寒林”，雨、水便称之“寒雨”、“寒塘”，连从夏天一路鸣唱过来的蝉，也称之为“寒蝉”……

寒　山

“天下名山僧占尽”，庙就是山，山便是庙，山门便是庙门，庙门都称山门。名刹古寺，以山为名，如“×山寺”者，很多很多。

许多年前第一次从“姑苏城外寒山寺”经过，虽然并没有见到“月落乌啼霜满天”，也没听到“夜半钟声到客船”，但是这座天下名刹给我留下的印象仍很深，不为别的，只因为这座以“寒山”为名的寺庙，并不曾拥有一座“寒山”，甚至其周边压根儿就没有任何一座或大或小的山。

据说寒山寺的出名，是因为有一个叫“寒山”的僧人曾于此庙中修成正果、得道成仙了，但是我总以为还是唐代那个落第书生张继的那首小诗成全了它吧？只要是中国人，只要稍读过几天书认识几个字的，恐怕很少有人不知道这首小诗：

秋水寒林

月落乌啼霜满天，
江枫渔火对愁眠。
姑苏城外寒山寺，
夜半钟声到客船。

一个深秋的夜晚，一段孤独的旅程，一个特殊的时刻，一个落第的书生，或许他还没能挣脱人世间的功名羁绊，看山还是山，但那山只能是寒冷的山；或许他还太过执着于对利禄的向往，看水还是水，但那水也一定是特别寒冷的水；那前去落脚的寺庙，尽管并没有山，但是它什么名不好叫，偏叫个“寒山寺”！这位书生的心头，岂能不又一阵心寒！等待自己的前程到底怎么样呵？

是的，寒山寺无山，那座寒冷的山只存在于张继的心头！

月落乌啼霜满天

其实，在这个节气中，现实生活中的山，原本非但是并不显得寒冷，相反应该是一年四季中显得最火热的时候。

不是吗？时至“寒露”，

三秋将尽，秋风将大地催黄的同时，也将所有山岭抹得五颜六色，因为大多数山，特别是江南的山，有着比大地上更丰富的植被，从高大的乔林，到低矮的灌木，再到树木下各色各样的荆棘、杂草，有着不同的层次；不同层次的绿叶，被秋色浸染的过程并不同步，色彩效果也大不相同，因此，每当秋风四起，所有的叶子与果实，总让一座座秋山变得五颜六色，但大体上总是呈现一种从绿到黄到红的过程，而这种由属于暖色的黄与红主宰的山色，现实中和客观上所呈现的色调，自然都是温暖的。时至“寒露”，虽然山上多数该凋零的叶子已经开始凋零，但是该红的叶子也都渐渐火红了起来，正所谓“枫叶如丹照嫩寒”和“满山红叶似彩霞”的时候。所以，连一惯生活放荡、醉生梦死的杜牧，不也写下了“停车坐爱枫林晚，霜叶红于二月花”的诗句吗？只是令人不解的是，就在这同一首诗中，他竟然将这生长着如花似火枫林的山，称为“寒山”——“远上寒山石径斜”。难道在杜牧的眼中和心中，只要是这个季节的山，都一律是寒冷的吗？

是的！

在这个特殊的季节和节气——

豪放如诗仙李白者，竟也在这个时候显得如此儿女情长的婉约：“平林漠漠烟如织，寒山一带伤心碧”；

遁入佛门四大皆空如王维者，竟也显得心有挂牵：“寒山转苍翠，秋水日潺缓；倚杖柴门外，临风听暮蝉”；

世上有多少英雄豪杰，竟都会在这个时候显得如此郁郁寡欢：“寒林落叶岁云秋，一世英雄寂寞收”，“日夕北风紧，寒林噤暮鸦。”

甚至连真能够“上马击狂胡，下马草军书”的辛弃疾，不也写过“斜日寒林点暮鸦”的词句吗，虽然他的寒林是初春的林子——春寒如此，秋寒不更亦然！

寒冷的山，寒冷的林，从寒山到寒林——山既如此，林便亦然，心更亦然！

寒　塘

秋天的明净，莫过于北方的天、南方的水。

南方最明净的水，当然不是那江河湖海中的，那里的水或许是因为其量太大，其面太广，且又一直在奔腾激荡中，明净与否很难衡量与看出。

江南最明净的秋水，在那一个个大大小小的水塘中。

阳光日日照耀着这些水塘，如同照在一面面镜子上，任凭怎么照也不能使之变得暖热起来，因为“镜子”将大多的光热都反射掉了，所以这些水塘便被称之为“寒塘”了——寒塘该是上帝遗落在江南大地上的一方方镜子，看其中每日都有天光云影共徘徊！

寒塘中的水自然是寒的。没有阳光的阴天或雨天，秋风会使之更寒冷；有雨水落进塘里，也不能让它变得更暖热，因为此时，即使是在南方，雨也被称为“寒雨”了：“寒雨连江夜入吴，平明送客楚山孤。”

寒塘里的水似乎更是傻的。自从夏天的孩子们不再来塘里学狗刨、摸螺蛳、扎猛子后，任凭岸上的柳树青了变黄，最后黄叶落尽；任凭树枝上的知了聒噪了一个夏天加大半个秋天，这水日夜都安安静静地待在塘中，安静得与天空一样，平静得与镜子一样，忠实地映照着从它上空经过的一切，使它们落在水中的身影，与它们自身一模一样。

寒的、傻的寒塘，应该是这个季节的一双双冷眼吧？

是的，如此的寒塘傻“透”了，所以没有谁的眼睛能如此明亮和澄澈！季节至此，已基本看过了一年的花开花落——春天的花枝招展，夏天的如火如荼，秋天的

寒塘图

香销玉殒——所以，才能如此看山是山，看花是花，既不会闭着眼睛说瞎话，更不会睁着眼睛说瞎话。

是的，如此的寒塘也寒“透”了，所以没有谁的眼睛能如此深邃和深情！季节至此，雨心碎、风流泪的日子都基本走过，爱过知情重，醉过知酒浓，无论是不堪回首，还是意犹未尽，都将告一段落——寒透了的水终会有一天凝结成冰，结成了冰的水，很难再映照寒塘上空一切的原本形象，如冷峻的目光，可穿透种种虚伪，看山不是山,看花不是花；但也看山山在笑,看花花自舞。

在寒塘这一汪如此澄澈、深邃的眼波中，一切都会过去——如同那从寒塘上空飞渡而过的身影。

《红楼梦》第七十六回中，林黛玉与史湘云月下联诗，湘云出一上句，“寒塘渡鹤影”，竟让林黛玉为难了半天而对不上下句——想来也曾因此为难的是曹雪芹吧？而依我小人之心猜想，他们所为难的无非是那个“渡”字吧？

曹雪芹让林黛玉为难了半天对出的下句为“冷月葬诗魂”。湘云为之拍手称妙，评曰“清奇诡谲”，就连一向自视甚高的妙玉也大加赞赏。没想到的倒是让今天的众人，总以为“侬今葬花人笑痴，他年葬侬知是谁”的黛玉，对出的应该是“冷月葬花魂”才对。

——似乎也有道理。

据说徐志摩空难去世后，徐父既没让志摩的发妻张幼仪为其书写墓碑，也没让其当时的合法妻子陆小曼书写，而是请了作为志摩生前好友的凌叔华书写，凌为之书写的五个大字正是——“冷月葬诗魂”。

合适得让人心寒！

寒　蝉

听我把春水叫寒，
看我把绿野催黄；
谁道秋下一心愁，
烟波林野意悠悠……

费玉清演唱的这首《秋蝉》，所唱的应该是“寒露”中的蝉吧！

时至“寒露”，蝉儿能唱的便只能是这样一曲属于自己生命的挽歌了，在这样的歌声中，秋风已吹寒了春水，秋色已催黄了绿野，秋天已在一种不知不觉间浸透了天地万物。

我是在江南乡间长大的，对于蝉这一属于夏天的小生灵可谓太熟悉了！每年“夏至”前后，往往在雨后，它们从树下的泥土中拱出来，不但没有翅膀，不会鸣叫，身上还被一层厚厚的金黄色的壳甲困着。此时它还没有资格被称为“蝉”或“知了”，我们称它为“知了猴”；只是它虽被称为“猴”，但事实上一点儿也没有猴的敏捷，它此时唯一能作出的行动只是慢慢地爬行，所以是很容易被孩子们捉住的。乡下的孩子那时也非常喜欢捉“知了猴”，这主要是为了“知了猴”几天后蜕下的那层壳，也就是“蝉蜕”，它是可以与来村上的货郎换糖吃的。

蜕去了壳的“知了猴”便成了真正的“蝉”，也就是“知了”。我一直认为，蝉应该是夏天里真正来自泥土、属于乡村的歌手，也是真正属于乡村孩子童年的歌手，没有哪个乡村的孩子不是听着蝉的鸣唱长大的。当然，乡村的孩子也是决不会满足于只是听听蝉鸣的，他们整个夏天里几乎都会忙着捉蝉：用蜘蛛网粘，用面粉浆粘，用头发丝做成套套……或者直接爬上树捉：寻着蝉鸣轻轻来到树下，仰头在树叶间寻到正在傻叫的蝉，估算好高度，然后轻轻地上树，慢慢地接近，再接近，最后突然出手……这是所有捉蝉方式中难度最大，但也是让人最感刺激的一种。

如果说捉“知了猴”是为了蝉蜕，而蝉蜕多少还是有些实用目的的，那么把蝉从树上捉下来，除了听听它鸣叫外其实并无任何实用目的——它在树上鸣叫也一样听呵！被孩子捉住的蝉十有八九凶多吉少，最终难逃一死；尤其是当孩子们从书上看到，蝉在鸣叫时，正是它在吮吸树的营养，也就是说蝉并不算是“益虫”，几乎可算是“害虫”，他们便更是对蝉捉得心安理得，以至于对蝉的死也无动于衷了。

说实话，作为一个乡下长大的孩子，我第一次从课本中读到“倚杖柴门外，临风听暮蝉”时，曾在心中腹诽，这蝉有什么好听的？再后来读到“寒蝉凄切，对长亭晚”时，首先想到的是倒还不是这寒蝉的鸣叫到底“凄切”不“凄切”，而是它压根儿会不会鸣叫，因为我那时已知道汉语词汇中有一个“噤若寒蝉”的成语。

“寒蝉凄切”与“噤若寒蝉”到底谁更合乎事实，

似乎成了中国文化中的一个有趣的问题了。

不过凭我自己的印象，至少是我老家的蝉，在现实生活中的事实是，既非一到秋天便都立即停止鸣叫，也非到了秋天仍鸣叫得与夏天一样——秋天的蝉鸣似乎与夏天的蝉鸣确有些不同。

如果说夏天的蝉喜欢大声合唱，那么秋天的蝉似乎更喜欢小声独吟，它们似乎对于自己唱出的声音特别珍惜，又似乎对别人的吟唱特别尊重，所以有一只蝉在一棵树上鸣唱时，同一棵树上的别的蝉，甚至附近树上的别的蝉，一般都不会发声打扰，而只会静静地谛听；等同伴一曲唱完了，甚至还会留下一段平静的空隙，这

蝉噪林静秋水寒

样以后别的蝉才会接着鸣唱。且秋天的蝉鸣声，风格也与夏天的有很大的差异：或许是夏天的蝉多苏东坡、辛弃疾般的豪放派，所以它们的鸣唱，不但声大气足，而且激越的调门从不改变——或许是合唱更需要这样的唱法；而秋天的蝉或许多是李清照、柳三变般的婉约派，它们的吟唱，音量小了很多，调门也低了很多，尤其是吟唱的过程中，音调和音色都会不时发生变化，倒也婉转动听——这样的唱法倒更适合独唱。或许也正是因为如此，柳永才有那“寒蝉凄切”的词句吧！

说实话，我一直怀疑秋天的所谓寒蝉与夏天的蝉并不是一种蝉，如同苏东坡、辛弃疾与柳三变、李清照并不是同一种词人一样。只是到了秋天，连乡下的孩子也去上学了，所以秋天的寒蝉他们就从来不曾上树捉下来看过，看看它们是否与夏天的蝉有什么不同；而今天，年过半百的我，生命大体上也已进入了人生的“寒露”，更无法爬上树去，捉下一只属于这个季节的寒蝉了。

不久前在一本书上看到一个“螿”字，这个电脑中很难打出的字，原来所代表的动物竟也是蝉之一种，即秋天的蝉，亦即所谓寒蝉。这让我曾想起我老家确曾有一种别样的蝉，它长得比最常见的那种夏蝉要小一些，身体也不是纯黑色的，有麻花，最主要是它肚子下还搽了粉，我们叫它“粉知了”，其鸣叫的声音不大，但婉转动听。它到底是不是就是那“螿”呢？我并不能肯定，只是我希望就是——如果是，“寒蝉凄切”之“寒蝉”，“噤若寒蝉”之“寒蝉”，原本就不是一种蝉，“寒蝉凄切”与“噤若寒蝉”到底哪个合乎事实，在中国文化中便不成其为一个问题了，因为二者都合乎事实。

只是无论寒蝉是不是“螿”，或者“螿”是不是就是寒蝉，时至“寒露”，其鸣唱中毕竟意味着我们即将告别一个美丽的季节和一种灵性的生命，如果再加上正好又要告别一位心爱的人儿、一份美好的情感或一段流金的岁月，我们又岂能不觉得它的鸣唱是那么的凄切呢！

2016年6月14日

霜降往后便入冬

人间万事成惆怅

雨、雪、冰、霜本质上都是水——雨是能浅吟低唱的水，雪是会轻飏漫舞的水，冰则是长了骨头的水；唯有霜是水的形而上或形而上的水吧！

书上说，“霜是气温降到0℃以下时，接近地表的空气中的水汽在地面及物体上凝结成的白色晶体”，即霜不是雪，可是，霜染大地与雪盖原野是很有几分相像的，都可以用“白茫茫”这样的词汇来形容与修饰。或许正是因为二者间的这份相像，人们便总以为白色的霜与那白色的雪一样，都是趁着漆黑的寒夜，悄悄从天上降下的，“二十四节气”中竟也有了个“霜降”。可事实上，说霜是从天上“降”下的，还不如说是从地上“结”出的或“生”出的更科学。可是乡下人从来不说“结霜”“生霜”，他们常常挂在口头的是：“这柿子，总得要到‘霜降’才会红！”“下霜了，天寒了！”在他们的意识和潜意识中，霜都是从天上“下”下和“降”下的。这样的误会，其实并不只发生在下里巴的农人身上，形而上的诗人们不也一样吗？“月落乌啼霜满天”，“风霜高洁，水落石出”……这些诗句可都是千古名句！然而，乡下人都知道，北风呼啸的天气，一般都难见着霜的影子，而城里的科技工作者要解决冰箱的除霜问题，只要在冷冻室里加一只小小的风扇，在里面不停扇风；至于“霜满天”，只是诗人根据“雪满天”而想象的吧！因为事实上，霜最多只能“遍地”，从来不曾像雪那样“满天”，也绝不可能“满天”！

霜是水，但霜又不是雨；霜与雪有几分像，但霜又不是雪；霜与冰一样冷，但霜又不是冰。霜只是霜，霜似乎得了中庸之道。

霜不像雨那样，少了会让地旱人渴，多了会让江河横溢，泛滥成灾；相比之下，霜在人们的生活中，似乎可有可无、无足轻重。霜也不会像雪，虽说霜染大地与雪盖原野有几分相像，但一个“染”字便注定霜对于一切只能是轻描淡写，无法像雪一样，给大地和江山酣畅淋漓的银装素裹，也给诗人们带来无尽的诗情：“忽如一夜春风来，千树万树梨花开”，“北风吹雁雪纷纷”，“胡天八月即飞雪”，“北国风光，千里冰封，万里雪飘”……霜是永远也不会带给诗人们这样的激情的。霜永远都是无风的夜里悄悄地来，晴朗的早晨太阳一出就迅速地去，来去无声息，去了连痕迹都不会留下多少；霜也不像冰，一身硬骨，明知道自己最终敌不过太阳的光辉，但仍不抵抗到最后不罢休。得了中庸之道的霜永远都是轻描淡写、浅尝辄止，不痛不痒。

得了中庸之道的霜，如得了中庸之道的人一样，虽

人迹板桥霜

说它（他）很想讨巧，事实上或许也讨得了不少巧，但是终究失去的更多。

俗话说“一方水土养一方人”，这由水与土养活的“人”，当然既包括下里巴的农人，也包括形而上的诗人，古今中外的诗人们，无论是对于土地，还是对于作为水的雨、雪、冰们，都曾写过无数歌颂与赞美的诗篇，唯有霜，出现在他们的笔下，常常成了不讨巧的媒娘。“床前明月光，疑是地上霜”，“鸡声茅店月，人迹板桥霜”，踏霜早行，浮起在心头的自是与踏雪寻梅的雅兴无法相提并论的惆怅；“羌管悠悠霜满地，人不寐，将军白发征夫泪”，此时出现在征夫游子眼中的白色霜花，则完全成了撒在他们心头和伤口的盐。

的确，霜真有点像生活中的盐，且这种“像”并不只是外形。盐在生活中看似也可有可无，其作用也不能与五谷相比，没有它似乎也能过，至少不会立即死人，但是少了它，终究会失却生活的滋味。或许也只是因为这点滋味，征夫、游子终又不能忘怀。

忽然间我想起了小时候的一个场景：为完成老师布置的家庭作业，我正在努力背诵着《二十四节气歌》，从外面回家的父亲听到后说：“背它干啥，种田人才要记它！你要好好读书，有出息。”说着从口袋里掏出一只软软的又被焐得热乎乎的柿子，“‘霜降’了，这柿子不涩了，好吃得很！快吃！”没想到，就是父亲的这一句话，让我一下便永远记住了“霜降”这个节气，因为此时，我尽管没有看到大自然的“霜降”，却清楚地看到父亲两鬓的霜花。

霜晨图

四十多年过去了，如今，八十多岁的父亲与母亲在乡下安享着他们的晚年，而今天的我竟已过了父亲当年与我说这话时的年龄，虽然我不曾像父亲那样在故乡种田一辈子，但是也绝谈不上有多大出息。每想到这一点，我便觉得，该记住“二十四节气歌”的其实并不只是种田的农人，而是每一个人；至少记住“霜降”时节已是大自然的深秋，在这个节气中，该成熟的都将成熟了，有多少收获都该收获。再往后便是冬天了。

2014 年 10 月 21 日

冬

立冬　小雪　大雪

冬至　小寒　大寒

拟约三九吟梅雪

“寒来暑往，秋收冬藏”是古老的《千字文》中的句子。

的确，冬天是一个收藏的季节！

农家所有的谷仓和果房，都在收藏着最后一粒稻谷、最后一个秋橘、最后一颗冬枣；乡村所有的房檐和屋梁，都在收藏着那晒干的火红辣椒、熏黑的大块腊肉和成串的柿饼薯干；我们所有人的记忆，也都在这一年中的最后一个季节，收藏着春天翠绿的期盼、夏天火热的长势和秋天金黄的满足，连同所有相关的亲情、乡情、友情、爱情……

当然，这个季节里最珍贵的收藏还是阳光与温暖。不说那卧在墙根下的水牛和山羊，每天都晒着太阳反刍着阳光；也不说那被雪被压着的麦苗，都努力地探出绿叶，呼唤着阳光将身上的白雪融化；也不说那休耕的土地，被成片成片地犁翻在蓝天下，如同屋檐下晒太阳的老人们正敞开着的老棉袄一般，滋滋地吸收着阳光的温暖；只说冬天本身，他如同一位饱经风霜的老者，在失去了如春夏的灿烂年华后，最渴望的莫过于家庭温暖、人丁兴旺，直至自己的生命老去后，能以另一种方式进入下一个生命的轮回吧！

生命的种子破土而出总是在春天，可是生命的孕育又总是从冬天开始。那些被贮存于地窖中的甘蔗、红薯、萝卜，还有那些粮仓中的稻、麦、菽、稷等，它们是秋天的果实，也是春天的种子；它们破土而出后，注定将经历春天的诱惑、夏天的得意和秋天的迷茫，此后才能走向成熟；它们沉睡在这一年中最后一个季节的严寒里，正是为此而承受历练。

“寒来暑往”是自然的轮回；“秋收冬藏”是生命的应对！

冬藏不是躲避，而是一种休息、整理和反省。

冬藏不是闭关，而是一种坦然、淡然和超然。

冬藏不是执意收拾残败的风景，而是始终相信，万物不灭，能量守恒，生命都带着使命，无论起落；人生自有风骨，自有定数，既已走过了春暖、夏热、秋凉，便应当从容度日，与山水共清欢，约三九吟梅雪。

冬

立冬 小雪 大雪

冬至 小寒 大寒

拟约三九吟梅雪

立冬太阳晒芬芳

秋去冬来

当南飞的大雁将秋阳的最后一缕温暖驮走之后，晨起推开家门，发现呼呼作响的北风在夜里似乎拉来了一大车的秋凉倒在了门口——

“立冬”了！

“冬天来了，春天还会远吗？”写下这诗句的雪莱是西方人，但是西方人的浪漫中国人可能还是略缺一些的，这个时候，中国人写下的诗句是：“穹室熏鼠，塞向墐户。”这是《诗经·七月》中的句子，描叙的是国人在农历十月初，即“立冬”日前后最要紧做的几件事情：把家里的杂物搬清，将洞穴与空隙堵死，以熏杀老鼠；然后把窗户塞严实，以保暖防寒。两三千年前这样，即使是在今天，对于很多的中国人来说恐怕仍是这样，即在“立冬”节气，更多想到的恐怕还不是春天，而是如何度过这即将到来的漫漫长冬。

记得我小时候，每至“立冬”，我父亲必做的一件事便是蒙窗户纸——想来这也是一种变相的“塞向墐户”吧！纸是“竹纸”，即用竹浆制成的一种薄而白亮且拉力很强的皮纸或宣纸，涂上很稀的糨糊，同时也将纸整体打湿，这样蒙到窗户的木格上，即使蒙得有点不平甚至褶皱，但一会儿干了便会自动绷直，平如镜面，这样不但看上去美观许多，更重要的是御寒保暖的同时能尽量少地阻挡室外的光亮。今天，随着玻璃的发明和被广泛使用，“立冬”日糊窗户纸的习俗早已消失了，但是“窗户纸”却作为一个词汇仍活在我们的日常言语之中，诸如“隔着一层窗户纸”、“捅破这层窗户纸”等，其言内言外之意是人人都能心领神会的。窗户纸薄如蝉翼，又绷得很紧，所以是很容易被捅破的，且每捅破时都会发出“嘭”的一声轻响，因此孩子是很喜欢捅的，只是若还没到春天，捅破窗户纸是少不了要被大人小小地惩罚一顿的，因为在冬天的屋子里，“针尖大的洞会漏进斗大的风”，何况是一个手指头捅的窟窿呢？

的确，冬天是寒冷的。

之于中国大多数地域来说，这寒冷都来自于冷空气和寒潮的侵袭，而这冷空气和寒潮似乎都是由北方一个巨大的阀门中输出的；而“立冬”便意味着这阀门将从此开始被渐渐拧开，所以，时至“立冬”，天气便自然开始由凉变冷——但也还不算太冷。

乡下的村子里，一些老人此时会起得格外早——也并非他们起得早，其实他们每天起床的时间，一年四季基本都在同一个时刻，只是这入冬以后，白天越来越短的同时夜晚便越来越长了，天亮的时间自然也越来越晚；而老人们的睡眠时长又是基本固定了，每天早晨到了这时候就一定会醒来，醒来便睡不住，只好起床；而年轻人这时又因天冷还贪睡不起，所以，在一些乡下的村子

冬阳

里，老人们就显得起得特别的早了。早起的老人们，通常会先扫一扫院子，然后打上一桶冒着热气的井水，洗一把脸。“立冬”时节，他们洗脸还舍不得掺开水，尽管井水洗在脸上感觉也有点凉了，但是他们会用拧干的毛巾擦干脸上的水以后，再擦了又擦，直擦得古铜色的脸上泛出高粱色，直擦得本来冰凉的脸上自觉得有些发热，这才丢开毛巾，去厨房掀开锅，从中取出几个热呼呼的红薯，揣进怀中；最后的一个，自然留在手上，一面剥着皮，一面吃着走出自家的院门。此时，自家的狗往往会紧紧地跟在身后，跟着一路吃老人丢下的红薯皮；人与狗便这样，一面吃着一面走向村里某处太阳一出便可照到的墙根下，或草垛前，等待着太阳升起——晒太阳！

晒太阳，通常是不会一个人晒的，那样很无趣，最好是三五个人一道，所以晒太阳虽然家家门口好晒，但是村里人晒太阳，总是相对集中去几个固定的地方。每天太阳还没出来，那些地方便有老人已经来到了，先到的在等着其他人到来的同时，也等待太阳的升起。“立冬”节气，太阳若不是遇到阴雨天等特殊情况，一般是不会让老人等太长时间的，通常那几个常一起晒太阳的老人都到齐了，就会让阳光准时照射过来了。只是初升的太阳没太多的暖意，一直要等到孩子们也来晒太阳了，太阳似乎才肯大方地将其暖意全力释放，使得老人们似乎是沾了孩子们的光——虽然“沾光”这个词不知是不是就是这“沾太阳光”的意思，但是，反正是有了孩子们一起，晒太阳的老人们似乎便活跃了许多，尤其是他们的话变得显著多了起来，虽然孩子们并不在听，也不愿意听他们说的这些陈芝麻烂谷子。老人们的那些陈芝麻烂谷子与其是说给孩子们听的，还不如说是说给他们自己的，说着说着，他们便似乎回到了过去，变得年轻了许多，此时正照在脸上的太阳，也更加的热呼呼，而身上也更加的暖烘烘。因此，“立冬”时节，乡村最独特的一道风景和乡下人最大的享受，那一定是莫过于晒太阳了！

当然，太阳一年四季皆有，但是，此前的太阳火热太甚，自然是晒不得，下地干活还得想方设法用草帽等遮着；而此后，“小雪”、“大雪”难得有太阳可晒；再往后“冬至”的太阳露面的时间也太短；“小寒”、“大寒”，太阳自己也往往被冻得脸色煞白，哪里还有太多的暖意送给晒太阳的人们呵——那时如果还晒太阳，往往在冷风中越晒越冷，最终只得回家烤火。

晒太阳虽然是“立冬”节气里乡下人最大的享受，但是能享受者也只是老人与孩子。

村里晒太阳的人中，若是突然间多了某个小伙子或大姑娘，有人就会对他（她）说：“你咋来晒太阳了呢？你头顶心里可没有那几根露水毛呵！”这“露水毛”，大体上便是书上说的“黄发垂髫”之意吧？

是的，他们此时还有许多的活要忙哩！

不说从前种双季稻时，此时正是收割的大忙季节，就如今这会儿，也还在秋收秋种的尾声中：晚稻虽然已收割，但因急着秋播，登场后的稻子，或还没全脱粒，或脱粒了还没全晒干，或晒干了还没全扬净，或扬净了还没有全归仓；蟹塘的蟹，也得赶紧捕了上市，这时的蟹价是一年中最高的，因为“西风响，蟹脚痒；蟹立冬，影无踪”；近年来才在乡下兴起的蔬菜大棚，也得赶紧搭好、赶紧种上，这样就可正好赶上春节前后蔬菜上市，卖个好价钱……这些活，虽然女人们多插不上手，但是等着女人们干的活，在这个节气里一点儿也不比男人少：青菜、萝卜是农家过冬少不了的，此时得赶紧收了，该腌的腌，该晒的晒，否则再下几场霜，或下一场雪，萝卜就会空心，青菜叶就烂了；还有棉花，秋霜早把棉叶打落了，也把最后一茬结花的棉铃打开了，这时的棉花虽然质量差点儿，卖不了好价，但趁着下雪前摘下，留着自己家用用也是好的……说到棉花，一家人过冬的寒衣此时也得女人们开始打理了，至少得在心中盘算了。

虽然今天的江南女人已不是孟姜女，但“慈母手中线，游子身上衣”的主题似乎一直都不曾改变，所以“立冬”过后，江南乡下的各种集日也便自然多了。那似乎是专为方便女人们买棉衣布料的。当然男人们也可以趁

水寒山瘦啼鸦晚

机去割二斤猪肉，打一桶烧酒——因为从前的乡下“立冬”日都是要做米酒的，而现在不做了，便只能上集市去打了。

人们高高兴兴地去赶各种各样的集，把家里需要卖的拿去卖了，并顺便买些需要买的。当男人们背着一大桶烧酒，女人们拎着一大包棉衣布料，心满意足地走在回家的路上时，“小阳春”的天气常常让他们浑身热烘烘的，以至会暂时忘了这眼下已过“立冬”，误以为春天到了，而事实上春天还远着哩！

村子附近的多个集镇都以“十月朔”或“十月朝”为集日，这往往让人有点为难，更让晒太阳的老人与孩子意见很大，因为一天只能赶一处的集呵！老人、孩子没有不喜欢赶集的，虽然他们并没多少东西好卖，也不一定会买什么，只因为他们有的是时间。他们赶集十有八九都是冲着集市上的社戏去的，那不要钱可看的戏，虽然不如电视里演得好看、唱得动听，但是热闹呵！赶集不就赶个热闹吗？尤其是唱到戏台上的包大人大喝一声“押进大牢，秋后问斩”，老人们似乎特别过瘾，因为他们知道这“秋后”原本就是“立冬”，就是眼下，于是他们会大呼一声：“好！”孩子们不明就里，也跟着喊，于是戏台下一阵阵欢呼……此时，孩子们成了老人们最好的知音，老人们则成了孩子们最好的朋友。人生角色的如此转换，真是十分奇妙！

其实，人生角色的转换，如同季节的转换：冬天过后必是春天，这如同冬天与老人们一起晒太阳的孩子们，有一天必将失去了晒太阳的资格和看社戏的兴趣；

等他们有一天再有这资格和兴趣时，其人生便进入冬季了，如眼下与他们一起晒太阳的老人——看起来这似乎是从起点已然来到了终点，但是人生与季节本就如此，一个季节的开始，便意味着一个季节的终结；或者换言之，一个季节的终结，便意味着一个季节的开始。“立冬”，正是一个最能给人如此联想和想象的节气，故《月令七十二候集解》云：“立，建始也；冬，终了意。”

“立冬”，“建始”与“终了”同在。

2016 年 6 月 5 日

小雪的低调总结

清江小雪

入秋后，时间似乎便渐渐慢了下来，入冬后更是慢了，慢得一觉醒来天还没亮。

醒来时耳边竟然没了梦里淅淅沥沥的雨声，呵，昨晚的那场雨是不是停了？那场难得的冬雨是不是会让地里的麦苗出得更齐整些？明天会不会是一个雨过天晴的好日子？……于是便急切地披衣起床。

推开家门，发现大地上竟然在夜间悄然铺上了一张巨大的白纸——下雪了，小雪！

雪很小，纸很薄，薄得连被覆盖在下面的田垅轮廓、沟渠、道路，甚至路上狗儿留下的脚印，都清晰可见，让人不由得想，这张纸若不是在夜间铺下，白天里一定早被人畜踩烂了吧！

时至“小雪”，一年里的农事已基本收尾，所以乡下人起得不如以前那么早了，所以留在天地间的这张巨大的白纸，似乎在提醒人们该写一份总结了，因为此时一年的收成已几成定数。

乡下人的总结是不会写在真正的纸页上的，只会写在铺展在大地上的这张巨大的纸上，而他们的书写也并不会用笔，只会用他们脚踏实地的劳作。那张铺展在天地之间的巨大白纸上很快便留下了他们的脚印，那便是他们为这份总结写下的一个个字迹。

最多的脚印去向是村外的麦田和菜地的，那是村里的粮农去为今年的秋播大戏拉上最后的幕布。本来这个时候的麦田里并无什么活可做，但是这一场小雪后就有了，且还是时效性很急的活——施肥。“冬肥一滴，春肥一勺”，此农谚的意思是说，这冬季施肥较之于春天追肥事半功倍，所以秋天种下的庄稼，冬天一定要施一轮肥料。从前施农家肥并没有太强的时效性，只需在开春前施下就行了，且不需要太讲究天气，可现在却不同了。现在用的多是化肥，这化肥用起来的确是既方便省力又肥效显著，只是它除了会让土地“上瘾”和板结外，还有一个毛病，就是容易“跑”——如果是天晴地干时施，化肥会气化挥发，肥力不但到不了庄稼的根部被吸收，反而会把庄稼熏黄熏死；而这小雪的天气里，施化肥正好，撒下的肥粒，会被雨雪溶化成水，慢慢渗入土地，到达庄稼根部，被其吸收；如果雪下得太厚也不好，那样撒下的化肥粒就会落在雪上，虽然最终也能与雪水相溶化，但浮在雪层的表面，太阳一出，大部分都被蒸发了，到不了地下。所以，“小雪”节气下小雪，那是施肥的最好时机。而这一轮肥施完，这一年内大田中的农事，才算真正告一段落，并画上一个圆

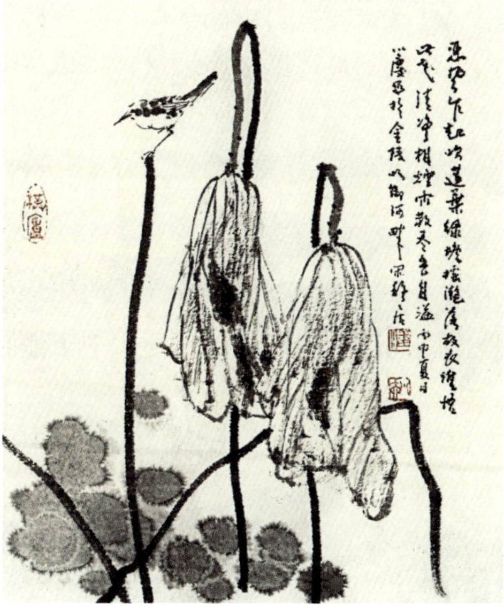

冬荷

满的句号。

不少脚印去向是圩里的河道和山间的沟渠的，那是人们利用这冬闲的一段日子，把使用了一年的水利设施整修一番。俗话说：“一方水土养一方人。”人之所以活着，除了那土地和田野，还有水。“小雪”过后，所有的田地都不需灌溉了，河道、沟渠也都不再过水，正好可以对它们进行管理，该加固的加固，该修补的修补，该疏浚的疏浚……此时天虽然冷了，但是地尚未结冻，土尚能刨得动；下点小雨小雪，正好有利于筑埂垒堤——再往后就不行了，天寒地冻，哪刨得动土呵！养活乡村人的水，除了来自河道、沟渠，也来自村中那一口使用了不知多少代人的老井，因此，当所有的河道沟渠都整修过后，村里的那口古井也得小掏一掏（大掏是在每年的“夏至”日），这是一年一度的惯例。井掏过后，水会更加清冽、甘甜和温润，哪怕大雪封门时，井口也不会被冻上，村里人因此都知道古时候有个叫张打油的人写过这么两句诗：“天

雪落无声天地寒

上一笼统，地下一窟窿。”这一“窟隆”，事实上便成了乡下人写在雪地上的那份总结中有关生活段落的又一个句号。

还有一些脚印的去向是后山的果园和苗圃，那是村里的承包户去为疯长了一年的果树和苗木剪头一次理发一次。此时，大自然让所有的树木，都将生长的养分从枝叶中回收到了树干中，甚至根茎中，此时修剪枝叶，不但不会损害树木，而且有利于树木在来年开春后更好地集中养分有目标地生长，不但树木本身会更加挺拔茁壮，而且连花朵和果实也更加的美丽和丰硕。因此郑板桥有诗云：“删繁就简三秋树，领异标新二月花。”乡下人虽然不一定读过郑板桥的诗，但他们都会抢在“大雪”来临之前的“小雪”——“大雪”时树干积雪树枝挂冰就太不方便了——对他们的果园里的果树、苗圃里的苗木进行一次“删繁就简”，这也如同乡下人自己，忙活了一年，“不管有钱没钱，都得剪头理发过大年”，为的是将不好的运气留给那即将过去的一年，而求来年的好运。当果园、苗圃里的果树和苗木都被修剪得恰到好处，甚至连路边、村口的杂树也被修剪得恰到好处时，这篇乡下人共写的总结，差不多已写到尾声了。

还有更多的脚印，去向是分散的，零乱的，一串一串指向各自的不同方向，那应该是乡下人所写的这份总结最后打下的省略号，因为乡下人一年的辛苦和劳累，可总结的东西的确太多太多了。但是乡下人知道，对此得低调，再低调，所以这最后所有的一切便以这样的省略号省略了。

因为低调和省略，所以很多人对于初冬的“小雪”产生了误解，以为仅给大地以一张薄薄的白纸，终使得乡下人的这份总结，相比较于他们所经历的一年的辛苦和劳累，显得太过轻描淡写、避实就虚、不痛不痒。然而“倾耳无希声，在目皓已洁”，一场小雪过后，冬天又近了一步；越来越近的冬天，终将所有的误解、委屈，连同曾经的辛苦、劳累，一起埋进大地深处，也埋进季节的深处，等待大雪冰封，唯随冰雪消融，只等来年春天，绽放万紫千红。

所以，尽管“小雪”之后还有“大雪”，但是“小雪”作为一个节气，绝非可有可无！

2016 年 5 月 30 日

在大雪中学会潜藏

大雪无痕

如果说“小雪”的雪，多数时候像铺在大地上的一张薄薄的白纸，那么“大雪”的雪，一旦下将起来则往往就会给大地盖上一床巨大无比的厚厚棉被。

此时天真的冷了，一切最需的莫过于保暖了！人人白天都得穿上棉袄，夜晚都得盖上棉被，白色的棉花便成了这个季节里最让人喜欢也最易让人联想起的东西。此时大地银装素裹，多彩的世界真是“素颜朝天”，春天的万紫千红、夏天的疯长绿色、秋天的成熟金黄，都似乎成了遥远的记忆，被收藏进了季节的深处——

“大雪”，也是一个收藏的节气，即《千字文》上所说的“寒来暑往，秋收冬藏”之“冬藏”时！

“冬藏”应该不仅仅是北方人之“猫冬”吧！“猫冬”太被动，太无奈，也太缺乏诗意；而“冬藏”，之于物是一种收藏，之于人是一种潜藏，皆为主动的、积极的，甚至也是诗意的。

一年的辛苦劳作，收获自然是丰富的，而所有的收获，都需要一一收藏，留待在又冷又长的冬日里慢慢享用；而决不能今朝有酒今朝醉，“叫花子不留馊饭”——那是过日子不会算计，而俗话说得好，“吃不穷，喝不穷，不会算计一世穷”呵！

收获虽然说起来多在秋后，但不同的农作物成熟期具体也有些前后，即使同为五谷，也不会同时成熟；先熟的当然先收，后熟的后收，但是这并不意味着一定是将先熟的完全收完、藏好再收后熟的——实际上也等不得如此；有时为了及时将后熟的收下，先收下的或许会暂时放一放，因为这种暂时性的“放一放”并不碍事，因为秋后的天气一般都总体干燥，最多小雨，收下来的作物不会发生霉变；深秋甚至初冬，天还不太冷，也不会被冻坏。但是，这“放一放”只是暂时的，其时限最多只能是初冬，即“大雪”前后是个界。如果时至“大雪”，该收的该藏的还没有收完藏好，那一年的劳作有可能前功尽弃。

稻谷的收藏量当然最大，但好在这比较简单，将之晒干扬净，收入粮仓即可。复杂的是那些果子和蔬菜。柿子最好半熟时就摘下，然后把它们焐在稻谷堆里，这样它们焐着渐熟有一个过程，自然就可以保存得时间更长些。冬天加上初春，长达数月的天寒地冻，但人又不能不吃蔬菜，于是“小雪”、“大雪”也便成了江南乡村的“腌菜时节”。江南人用来腌制的通常都是大白菜，只是江南人所说的大白菜并非北方人所说的，而是一种茎长叶小的大棵青菜，当然也有雪里蕻。腌制时可切碎，也可不切，碎腌的称“雪菜”，整棵腌的称“棵菜”。另外，小康人家还会腌制一种“香菜”，而香菜的腌制简直算得上江南“腌菜文化”的代表！

选、切、晒、腌，是腌制香菜四道主要工序。选，即选择那种叶小梗高的大白菜，再把它晒软洗净。切，即把晒软洗净的大白菜除掉叶子，并切成丝状——先用一根缝被子的大号钢针，将菜梗子顺势划成粗细尽量均匀的条条，然后再用刀把它们切成二寸左右的段段。一般切菜丝，只要用刀把菜梗子斜着切就是了，而切香菜为何要用如此特别的方法呢？这是因为用一般方法切出的菜丝，两头尖中间粗，太阳一晒，

拟约三九吟梅雪

整体干湿不匀——两头干，中间湿——制成的香菜质量会大打折扣。晒，即把切好的菜丝放到太阳下晒“干”。这一道工序看似简单，实则不易。它不易就不易在把菜料晒“干”到什么程度——晒得过干，最后制成的香菜韧而不脆，甚至咬不动，易塞牙；晒得不够干，最后制成的香菜味如一般腌菜，不但失去了香菜的风味，而且不易保存。另外，晒料最好是连着日头晒，这就需要老天帮忙，不要在晒料期间阴或雨。这一点也很不易。制作香菜的最后一道工序是腌制。腌制本身并不难——把洗净晾干的菜丝与作料拌匀后装进坛子密封起来就行了，难的是作料的配制。作料是用粉精盐、生姜米、胡椒粉、八角粉、熟食油、熟芝麻、白糖、蒜泥、茴香、陈醋、味精等配制而成的，配料之间的比例不同，最后腌出的香菜口味也不同。有经验的人正是通过改变配料的比例来腌出或偏辣、或偏甜、或偏咸、或偏酸的香菜，从而满足不同口味的人食用。香菜的制作如此复杂，且一担白菜最多只能制成数斤香菜而已，因此一般农家并不多做，腌出的香菜一般情况下也不舍得自己享用，常常把它作为稀罕之物来招待贵客和馈赠亲友。

红薯、土豆、甘蔗等这些不开花结果的作物，其再生和繁殖自然都无种子可种，而是到第二年春天直接将红薯、土豆、甘蔗埋在土里，等待它们自己身上发芽、出苗，再将这些苗分开移栽，所以，不在冬天来临之前将它们收藏好，一旦霉烂了，或干掉了，或冻坏了，失去的就不但是冬后对它们的慢慢享用，更是来年的种苗，亦即一个季节的收成。对于它们的收藏一律用窖藏，只是各自的窖是有所不同的：红薯与土豆的窖是在地上挖一个圆形的深洞，有时可深至一两人的高度；而甘蔗窖一般只是一个深不及半人高的方形的土坑；红薯、土豆窖一般都挖在家里的柴房里；而甘蔗的窖则要找一处向阳的坡地——向阳的地暖和，坡地干燥以免被水浸。用来窖藏的红薯、土豆上的泥土是决不能清洗的，甘蔗也不能将叶子与梢子去掉。所谓窖藏倒并不复杂，只需将那些带土的红薯、土豆和带叶的甘蔗轻轻放入窖内，放得越密实越好，放得大半窖的位置时，在上面铺上、压上干稻草，室外的甘蔗窖，还要在稻草上再壅上土，但不能壅得太紧或太松。

大雪覆盖着大地，将一切生机都封藏在了雪被下，世界“唯余茫茫”，此时没有什么比乡下人想到雪被下的蔗窖更甜蜜的了，也没有什么能让他们觉得还有比这雪屋中的日子更温暖的了，更没有让他们觉得还有比这大雪封门更安静、踏实的日子了！

于是，“大雪”来临，最好的生活姿态便是将自己让大雪淹没，潜藏在或大雪纷飞，或大雪封门的平常日子里。乡下人是这样，我们每个人其实都应该这样，绝不要以为自己今天已成了一个所谓的“城里人”，就忘了自己的来路。要知道，乡村是城市的童年，童年是人类的乡村，而乡村生活和童年生活，原本是最接近自然的，也是最真实而本质的生活。

或许你是一名正在打拼的都市白领，现实生活中，或许你理想的宣言也曾让自己豪情满怀，毕露的锋芒也曾让自己意气风发，分明的棱角也曾为自己赢得过不少当面的赞美；但毕竟崇高的理想与心比天高命比纸薄的狂想只一纸之隔，意气奋发得一不小心便会滑入自我陶醉和得意忘形的境地，棱角分明的可贵与固执己见的执拗，其本质的区别有时就只在于一个度的把握。因此，学会潜藏，让曾经的锋芒收起，将头上的棱角磨一磨，让心中的不平之气、浮躁之气、愤懑之气都消一消，如此，你为之追求的所谓成功，或许就离你不远了。

或许你已经是一位成功人士，你的办公室或许已高高在上地处于某座摩天大楼的顶端，在遥远的某个岛屿

雪拥乡关马不前

或偏僻的某处深林里，或许还有你的别墅，在平时的生活中，或许正如电视广告上所说，你的“一个想法就能改变一个行业的规则，一个决定就能左右市场的行情，偶尔一句话正在被千千万万人当作座右铭”，总之你的人生的确取得了极大成功，但是，人生中“有一种毒药叫成功”，成功是可以让人上瘾的，此正如吸毒；且从成功走向成功正如“从胜利走向胜利”一样，都只是人们的一种美好愿望和一厢情愿，事实上是不可能的；人世间倒是有太多“爬得越高，跌得越惨”的悲剧。因此，在这雪落大地的时节，你可以推开摩天大楼或别墅的中空玻璃窗，眺望一下自己的来路，如果你还能看到那遥远山村中有一座你似曾相识的小草房，那么你就应该感到踏实和放心，你至少暂时还不会从高处跌下来。

或许你只是一名离乡进城的农民工，残酷的现实曾让你有太多的不平、委屈，甚至痛苦，尤其是看到这降在乡村的大雪竟也降在城市时，你一定更想念那个在遥远的地方被雪压着的原本属于你的那个小小的家。呵！你应该为此而感到满足，因为“城里人”其实已大多数没有了一个这样的家可想了；也就凭这一点，你应该把所有的不平、委屈和痛苦都深藏于雪被下，等待不久将来的那个属于自己的春天。

——在这样一个特殊的季节中，因为自然的潜藏，我们也应该学会潜藏。

潜藏不是躲避，而是休息、整理和反省，当然这本身也是一种享受。生一盆火，不必开空调和暖气；泡一壶茶，最好是红茶；就着一盏只能照亮书桌一方的台灯，隔着窗外呼呼的风声和冬夜的寒意，或读几页早就想读的书，或写一封早就想写的给某位远方亲友的信——不是手机短信，更不是网络微信——面对着书本与纸页，内心异常宁静，思维慢慢钝化，但是这种钝化，会让我们似乎回到从前的单纯，回到童年的懵懂……

潜藏不是闭关，而是一种坦然、淡然和超然，于是也便可分享和共享。找一家小店，不必多高档、豪华的饭店酒楼，寻一个能看到外面正下雪的临窗座位——包间就不必坐了——生一只火锅，温一壶酒，邀三五好友，围着团团坐下，一起看着窗外的雪，说说家乡，谈谈友情、亲情和爱情；酒过三巡五巡，或许还能激起一点久违的诗意与诗情，此时记起的一定是白居易的这首《问刘十九》：“绿蚁新醅酒，红泥小火炉。晚来天欲雪，能饮一杯无？”刘十九虽然绝不可能出现，更不能作答，但在座的每一个人一定都可以作答。

2016 年 5 月 31 日

冬至阳生

相呼又冬至

“早睡早起”是乡下人所崇尚的生活方式，但是，这些天的太阳“早睡”得是越发积极了，可与此同时它似乎并不肯“早起”，八九点钟了，才迟迟地从东方的地平线上慢慢露出半个冷脸来，一副没睡醒的样子，光、热更是都大不如从前——

呵，“冬至”了！

太阳光还没照进院来，有薄雾弥漫，有寒气浸人；院子周边几棵早被秋风剥得一丝不挂的刺槐树、苦楝树和臭椿树，都站在原地瑟瑟发抖，每一根树枝上都挑着白白的霜花；上面连一只麻雀也没有。

“干活‘夏至’，睡觉‘冬至’”的古训，让村里人“冬至”的夜格外漫长，起得也都格外的晚。按老辈传下的说法，即“冬至”日能尽量多睡、睡好，这一年里就不会睡不好和觉得“欠觉”了。于是，连每天都起早拾粪的父亲，今天也放弃了拾粪，尽管他知道，今天若去拾，一定会比平时拾得更多。

第一个起来的是母亲，因为她要准备一家人今日的两顿吃食——往日一日三顿，今天起得晚，可以省去一顿。

我昨晚胡乱泼在院子地上的洗脚水，已结成了一层薄薄的冰，母亲踩过这薄冰走向院门，想想又回过头来，用竹扫帚在上面用力地来回扫了几下，以免人踩上去滑倒。走出了院门的母亲，向自家的自留地走去。其实这个季节里，自留地里并没什么活，压在雪底下的蔬菜，菠菜、芫荽等都还小，胡萝卜是唯一可挖了吃的，俗话说：“冰冻响，胡萝卜长。”

母亲果然从自留地挖回了半竹篮胡萝卜，回到院子里，将已然弯到路边水塘里洗净的胡萝卜，先切除“缨子”，然后将萝卜头剁成萝卜丁。此时刀与砧板发出的咚咚啪啪的声音，把一家人都吵得无法再睡。还是起床吧！

来到院里，见母亲已将剁成半个指甲大小的胡萝卜丁晾在院里的竹箩内。此时飞来几个麻雀落在院墙上，它们是这季节里唯一能见到的雀鸟了。麻雀自然是冲着晾在院子里的胡萝卜丁来的，在院墙上一面发出叽叽喳喳的叫声，一面觊觎着胡萝卜丁，并用眼睛机敏地观察着院里的动静。我当然以很高的警惕性不断赶走这些麻雀，因为我知道，这些红红的胡萝卜丁，在今天的晚餐中是要被母亲代替大枣使用的。

太阳出来了，母亲让父亲去红薯窖掏几个红薯出来，并说尽量多掏几个。对于乡下人来说，红薯虽然并不是什么好东西，但入冬后的红薯窖是不能轻易动的，因为一不小心就会有寒气进窖，窖内的红薯就会全冻烂；但

清寒图

是由于红薯入冬后，淀粉会不断转为糖分，所以冬天的红薯又嫩又甜，即使生吃，其口感也非常好。

母亲将父亲从地窖中掏出的红薯又一个个剁碎，特别留下了几个给我与姐妹们生吃，我们似乎吃出了苹果的味道。

一会儿，院子里的竹箩内，除了胡萝卜丁和红薯丁之外，还有浸泡过了的黄豆、淘洗干净的芝麻、发开了的干笋，当然还有切碎了的各种菜叶等等。

临近中午时，阳光终于将院子照亮了，母亲最后将一瓢糯米淘过，也晾到了竹箩中，然后转身回到厨房，将灶膛点着——她要先烧开满满一锅水，再将准备好的晾在竹箩里的一切全放进锅内，煮一锅“八宝粥”，作为今天全家人的午餐兼晚餐。

我老家有“冬至”日吃八宝粥的习俗。这种“八宝粥”也被称为“腊八粥”，只是我老家人事实上并不在腊八节吃，而是在“冬至”日吃。

当厨房里烟雾弥漫时，我们也闻到了一种复合的香味，我与姐妹们急切地围着锅台打转时，母亲总是让我们去玩，说玩得忘了，这“腊八粥”便好了。只是我们怎么能忘得了呢？我们玩一会儿就会跑到厨房的锅台前，此时母亲早已不往灶膛里添柴了，只是凭着灶膛里的“脚火”煨着锅里的粥，锅里的粥还在不紧不慢地发出“咕噜咕噜”的声音。

当整个村子都弥漫着一种特殊的粥香，当这种香味将太阳醉得又恹恹欲睡时，一家一户的乡下人，终于围坐在了自己的家中，享受这一年一度的“冬至”晚餐——

实际也是午餐。当然，在此之前一定先敬过祖先，然后再盛上一碗放到灶台的烟囱旁，以献给天上的各路神仙，既感谢因他们的保佑我们才能吃上这么好吃的，也祈求来年继续给予我们平安与丰收。

用一只大盘盛起的五颜六色、热气腾腾的粥，被放在桌子的中间，谁爱吃多少自己尽管盛，我当年就曾想，那大力宣传的共产主义生活，大体上就莫过于如此吧！而这时候，唯有母亲总显得不满意，总要念叨一句："等以后日子过好了，一定给你们做一顿真正的腊八粥！"

是的，真正的腊八粥，与糯米掺在一起煮的是红枣、桂圆、核桃、白果、杏仁、栗子、花生、葡萄干等八种干果，哪是这些胡萝卜丁、红薯丁之类呵？只是那个年代，乡下人家里哪里有钱买这些呵，便只好难为着母亲们用这些自家地里能弄到的东西代替了！

这是我小时候留下的关于"冬至"日吃"腊八粥"的记忆，而这粥也是我吃过的最好吃的腊八粥，尽管我后来吃过多次"真正的腊八粥"。

我是离开家乡后才知道，虽然中国的许多地方都有吃"腊八粥"的习俗，但基本都在是腊月初八，也就是腊八节，"冬至"日吃"腊八粥"的地方似乎只有我老家，因此觉得我老家"冬至"日吃"腊八粥"似乎吃得有点"文不对题"；不过有的年份，"冬至"日会就在腊八节前后，这便又让我们老家的"腊八粥"似乎又吃得"一箭双雕"了。

其实，有时候吃什么并不十分重要，重要的是为什么吃和怎么吃。虽然吃原本是人的一种最基本的动物性本能。以“冬至”日为例，北京人要吃饺子，苏州人要喝冬酿酒，西部人要吃狗肉、羊肉，江南人要吃红豆米饭，台湾要吃糯糕，浙江、江西、福建等地人要吃麻糍……我也曾想过，为什么只有我老家，“冬至”日是一定要吃“腊八粥”呢？后来我发现《说文》上有载：“‘冬至’后三戌日腊祭百神。”由此可见，原来“冬至”后第三个戌日曾是腊日，后来由于受佛教的影响（佛祖释迦牟尼的生日在腊月八日），所以多数地方才改在腊月初八吃“腊八粥”。若真是如此，我老家“冬至”日吃“腊八粥”的习俗，非但不是“文不对题”，倒是中国传统民俗文化中的一块古老化石。

今天，随着社会的发展，似乎吃什么都不是问题了，但是中国的大多数传统节日，都是在祭祀和纪念谁（包括祖先）的名义下吃点什么，最多只是具体吃的东西在各地有所不同而已，为此，有人以为这都是文化落后的表现，其实并非如此。

冬至阳生

就说“冬至”吧，它是“二十四节气”中被最早发现和确立的一个，它既是一个节气，在中国的许多地方又是一个节日，此如同“清明”；在中国许多地方，都有“‘冬至’如年”的说法，意即作为节日的“冬至”，其重要性不亚于过年（春节）。

我很早就从“干活‘夏至’，睡觉‘冬至’”的农谚中知道了“冬至”的夜晚是一年中最长的一个，后又从教科书中知道了“冬至日太阳直射南回归线上，是北半球日照时间最少的一天”，只是我一直不明白，既然如此，那为什么“冬至”事实上并非一年中最冷的节气，而一年中最冷的节气倒是它后面的“小寒”、“大寒”呢？后来当然知道了这都只是季节运行过程中的惯性所致。“阴极生阳”的“冬至”，确是自然运行过程中一个非常重要的节点。

在“冬至”这个节点和极点上，生命将忍受最极致的严寒，但也同时迎来对春天最热切的希望。记得小时候，由于时代与家庭条件的原因，常缺衣少食，我与天下所有穷人家的孩子一样，自然都不喜欢冬天，再加上看到电影上的黄世仁们，总是在大雪纷飞的冬天向穷人逼债，所以这冬天似乎成了这些恶人的帮凶。唯有在一家人围坐一起时，尤其是在父母膝下，哪怕只是粗茶淡饭，才有一点温暖。这或许也就是为什么“真正的腊八粥”，总不如小时候的香甜的原因吧。只是当时，做子女的我们，对于父母那份冬日里的艰难并不能体味，总觉得他们身上有着无穷的温暖，总觉得他们是并不怕寒冷的。

记得我父亲，每到冬天他几乎都是村里起得最早的人，他要趁着生产队出工前，村里村外地拾一遍狗粪，好交给生产队多换几个工分。由于母亲因病三十多岁便失去了劳动能力，而我们兄弟姊妹四个，一家人有六张嘴吃饭；父亲年轻时又因过度透支体力而落下吐血的毛病，但是他又不能不挣比别人更多的工分。在我的印象中，父亲似乎从来都不怕冷，每到冬天，只一件破棉袄便从冬穿到春，最冷的时候，他最多只在腰间系上一条围巾——那条围巾是父亲无意中在外捡到的，我从没见他在脖子上围过。父亲的不怕冷，使他每年都是生产队里挣工分最多的社员之一，且有十多年还是生产队队长。那时候，每当我叫冷时，父亲常教导我的一句话就是："冬天不冻人，冻的都是懒汉子。"然而多年后，当我问起父亲，当年难道真的没觉得冷过吗？父亲笑笑说："哪能呢？只是熬着呗！再冷，熬熬不就过去啦！"

原来如此！

怪不得，多少年来，父亲留在我头脑中的形象都是冬天的！

去年那个冬天，八十七岁的父亲没能熬过去，终离我而去，又将最后一个冬天的形象永远地留在了我的记忆中。我只能祝愿他老人家在那边能过得更好，不必在寒冷的冬天里用意志来熬过严寒，因为我们的日子毕竟都过好了。

的确，父亲在世时也常说，做梦也没想到会过上这样的好日子，不愁吃不愁穿不愁住不算，竟然还不愁没钱花。他常将这一切都归于他"熬过来了"。父亲以一个"熬"字归纳了他一生的人生经验，尽管他说不出"阴极生阳"的人生道理。

父亲是去年的“冬至”前去世的，他没能熬至“阴极”，自然也就无力“生阳”了。他活到八十七岁的高龄，用他自己的话来说，“真没想到能活这么大”，他走得也很安详，照理说我应该没有太多遗憾了，然而事实上，仍给我留下了很多遗憾，以至于在很长一段时间里，我都觉得他不曾离去。

“冬至”，阴阳轮回的一个极点和节点，在这个点上，或许我们最应该做的还是“守冬爷长命，守岁娘长命”！或许这也是古人为什么说，“‘冬至’前后，君子安身静体，百官绝事”的原因吧？

“冬至”，“天时人事日相催，冬至阳生春又来”；“冬至”，原本与吃文化无关，与孝文化也无关。

2016 年 6 月 15 日

小寒生花

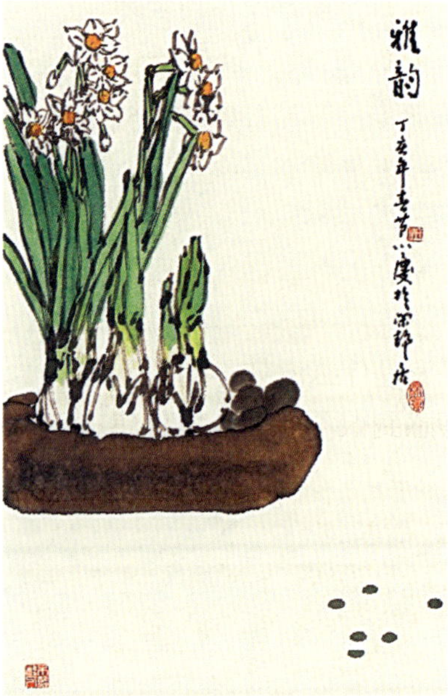

小寒生花

“这个季节里你老家还有花儿开吗？”这是许多年前一位同事在深冬季节问过我的一个问题，我老实问答说：“没有。”

那年，元旦一过，我就一直在想要不要辞职回家，不为别的，只因为想家，越到年底越想！

这很出乎我自己的意料，因为我之前并非没有离开过家，且离开的时间也并不算短，动辄数月半年的，但都不曾如此想过家，甚至压根儿就不曾想过家。

我故乡的那个小村子，虽然行政管辖她的那座城市世称为“六朝古都”，但由于村子深处所谓“锦绣江南”的腹地，加上重重水网和层层丘陵的阻隔，交通十分不便，其实可用“地处偏僻”来描述和形容它。所以，我曾经与村里的多数年轻人一样，是那么地想早日离开它而后快。幸运地考上大学成了我离开故乡的一个绝好契机，我以为从此以后便与那个小村子没有太多关系了——留在村里的父母，最多将来待自己发达了将他们接出来就行了！

三十多年前的大学生，被称为“天之骄子”，不但上学的所有学杂费都由国家包了，而且生活费也由国家全包，所以家庭再困难的学生，也不曾有课余或假期打工的；至于毕业后的工作，也由国家“统配”，所以也不需要自己去社会上拉关系、找门子。总之，那时上大学，除了读书外并无什么事。但是，尽管如此我也尽量不回家——学期中途从不回家，寒暑假回家也尽量在家少待。那时的我，真不太知道想家是什么滋味；而看到有同学因想家而痛哭，我在一旁感到很不解，心里总想：“你们家是个什么金家银家呵，值得你想成这样！”

由于我所上的这所所谓的“大学”带着个“师”字头，毕业后便被“统配”回原籍做了一名中学教师，学校离我故乡的那个村子，也就骑自行车一两个小时的路程，生活中自然更不会有“想家”一说。不久后，就在学校的教师宿舍内，我有了自己的小家，在理想与现实的双重负压下，说句实话，几乎天天都在想着，如何尽快再一次离开这片我曾高兴离开又无奈回来的土地，从来不曾想到，有朝一日真的离开了竟然会“想”！

后来我调到了离家远一点儿的县城工作，也不太回那个乡下村子的家，更不曾想什么家。虽然父母越发年迈，但是我常想的是，我只有尽快地走得更远，才能为他们的晚年生活挣得更多的保障，提供更好的帮助。

那一年，学校评选所谓的“优秀青年教师”，我被告知因超龄而落选，这让我猛然觉得自己已经不太年轻，已到了最后离开故乡的时候了，于是我毅然踏上了南下的列车，成了千千万万只“南飞燕”中的一只，来到了珠江三角洲上那座被称为岭南花城的城市。

初到花城，正是秋天，我却如入了一个花的世界，尽管我曾多次读过秦牧那篇题为《花市》的散文，但眼前的一切还是让人既新鲜又兴奋。我在电话中将看到的向妻子叙述时，她有点奇怪，说：“你不是不喜欢花花草草吗？”

是的，大约是生长在农村的缘故，平时喜欢舞文弄墨的我对于种花种草之类一直都无兴趣，这曾让许多人不解，然而来到这人生地不熟的花城，倒是这花给了我最初的安慰。妻子或许是从我叙述的口气中听出了我离家远行的心情还算不错，也表示高兴和放心。

真是十分幸运，我很快就找得了一份很不错的工作，且与我的个人兴趣很接近，干起来也不觉得辛苦，更重要的是薪水竟是我原来在老家单位工资的四五倍。每月薪水一到手，我将大半寄回家，自己留下小半。这让在家的妻子与父母都很满意，我自己更是满意，满意于自己当初离家的英明和正确。然而，竟然就在这种看似十分满意的日子里，我却想家了！

我工作的单位位于城市的近郊，旁边是一个很大的鲜花种植场，那儿几乎成了我们每天下班后的乐园，每天晚饭后，我都会与几位同事去那儿散步闲聊；由于大家都“来自祖国的五湖四海”，闲聊的话题自然常离不开自己的故乡；由于大家眼下的生活事实上都“背井离乡”，说起故乡自然多曾经有过“一部血泪史”。然而，

薄暮清韵

或许是同事们的“血泪史”让我听得多了，也在心中比较得多了，竟然发现自己的故乡原本并不曾让我流过多少血泪；也或许是真的距离能产生美，当初我天天想着要尽快离开的故乡，在真的离开后，竟然越来越觉得她原本并不那么难看和讨厌。久而久之，我竟然成了同事中的一个另类，即总是在他们痛述“血泪史”时，煞风景地说自己的故乡原本并不比眼下我们身处的这座花城差。这让同事们多不同意，有时甚至引得他们几乎是愤怒，最终总是以一句“你老家既然这么好，你还跑到这儿与我们混干吗”让我无言以对。

正是如此一次次的无言以对，让我渐渐地思念起那个千里之外的故乡和家了！

就在这样一种现实的留恋和心灵的思念两相矛盾的煎熬中，日子一天天过去。

秋深了，应该是故乡的孟姜女为丈夫送寒衣的时候了，若是在故乡，该过寒衣节了，可是在这儿，我与同事们晚间的散步竟都还是汗衫短裙。

“你看这天多蓝，月亮多亮！还有这云，多美呵！”一同散步的一位来自东北的女同事说，“怪不得《彩云追月》那么美！”

“是呵，广东音乐是不错，还有《步步高》，我也挺喜欢，只是终究缺乏一点儿深沉和苍凉。”最后我终于还是忍不住提了一句，“表现月亮的音乐，终究还是不能与《二泉映月》比呵！”

我们的对话，让一旁来自广西的老张对我不无讽刺地说：“我们早知道，在你老诸眼中和心中，别的地方任何东西都不如你们江苏的好！”

“我说的难道不都是事实吗？”我说。

“是呵，你说的都是事实，我们都知道，‘广东音乐’不如你们‘江南丝竹’，‘岭南画派’不如你们‘金陵画派’！广东人孙中山建立民国还得去你们南京……”

“罢罢罢！……”

话说到这份上，我赶紧打断，否则他们一定又会说，“你老家既然那么好……”

入冬了，这个时候的故乡，早已是“秋尽江南草木凋”了，然而在这儿，我们仍还在花团锦簇中进行着晚间的散步。

“这花好看不好看？”老张突然如此问我，我以为这都是因为走在花丛中，便自然将闲聊的话题落在了花上。

“好看呵！”我说。

“可是这个季节你老家还有花开吗？”没想到，这一次老张竟然是主动向我发起了挑衅，看来我真的成了一个不受这里欢迎的人了！

是的，这个时候，江南早已百草凋零，甚至连菊花也都在寒风中枯在了枝头，哪还有鲜花盛开呵？不得不承认，岭南的这块热土，也是一块神奇而美丽的土地！但遗憾的是它并不是我的故乡。

元旦过后，这里的农民工开始纷纷回家。我的工作虽然比他们所干的开“摩的”、端盘子和站流水线要好很多，但是本质上都是打工，我的身份本质上也与他们没有任何区别，都只是一名外来的打工者（打工仔），我终究还是要回到自己的故乡去的。

单位里有几名家在东北、回家路远的同事回家了，使得平时热闹的办公室显得空荡荡的，给人一种莫名的惆怅。回家的同事们当然过完年后还会再来，各自的岗位自然不能招新人来填，但工作是要正常运转的，所以其工作量只能加到我们这些还没回家的人的头上，这让我的日常工作突然间成倍地多了起来，也让我本来就凄凉和沉重的心更加凄凉和沉重，而这种凄凉和沉重，让整个人都不安起来，于是便也想立即回家。

没想到，我这一小小的愿望竟然被无情地拒绝了：你是新员工，必须站完这一年的最后一班岗；你现在既已留下，中途就不能走人，工作不允许！

回到办公室的我，突然感觉到了冷，同事说这都是本市受寒潮的影响，但是我分明觉得这寒冷来自于自己的内心。傍晚，听到外面有人惊喜地呼叫："下雪了！"我隔窗向外看去，似乎真看到有雪花飘落……

当晚，我一个人在办公室值班，听到外面呼呼地吹着北风，想象着这风或许正是从江南，即自己的故乡吹来的，心里似乎又有了几分温暖，同时自己似乎也明白了那句"他乡虽好，终非久留之地"的俗话，其背后有多少游子的辛酸！

第二天，我准备拉开窗帘迎接新的一天的朝阳，因为我知道，寒潮过后一定是一个灿烂的晴天；然而，我惊奇地看到，窗户的玻璃上竟有"窗花"。我不敢相信自己的眼睛，忍不住用手去摸了一下，发现不是冰——或许是因为室内温度的不均匀，使得室外的水汽在偌大的窗玻璃上凝成了不规则分布的图案，酷似窗花。猛然间，我竟想到，谁说在这个季节中我的故乡没有鲜花盛开？那雪天的雪花、晴天的窗花，难道不也都是“花”吗？

我终于用一份辞职报告让自己躺在了一列北上列车的卧铺上。虽然是那种没有空调的绿皮火车，但是我仍觉得其中很温暖，且这种温暖的感觉，越随着列车的北上越强烈。第二天一觉醒来，当我将我铺位旁的窗帘拉开时，我竟然又看到了窗花，我知道，这是真正的窗花，因为隔着这结有窗花的列车窗户，我看到了外面的大地上，有皓皓繁霜，有皑皑白雪；我也知道，故乡应该近了。

来年花香

于是，几乎整个上午，我都在看着这列车窗户上的窗花。我从来不曾注意过，这自然造成的霜花，竟然是如此的多姿多彩，变化万端，几乎是你想要看什么就有什么。你想看树，它竟有各种各样的树，挺拔的白杨，婀娜的杨柳，枝繁叶茂的香樟，铜干铁戟的刺槐……应有尽有。你想看房子，有低矮的平房，有多层的楼房，甚至还有摩天大楼；这些房子或临河成一条水巷，或聚居成一山下小村，或是一座都市的一角；房子的内外，当然有人，有各种动物，乡村的鸡鸭猪狗，城市马路上各种车辆等等；你想看田野、山水、湖泊，也都有，那田野里肯定还有庄稼，水里还有帆船，甚至还有鱼儿跃出水面，水边的苇丛中正有野鸭飞出……我一路呆呆地看着，想象中的这一切，竟也说不清是仅仅分别半年的故乡，抑或是童年记忆中的故乡。

临近中午时，窗花的所有图案都渐渐变浅，范围也在向窗户的四角不断退缩，最终竟完全消失了。好在此时列车已停在了故乡的站台！

当我提着行囊走下车走出站来，妻子带着孩子早已等在了车站的出口处，她让单衣单裤的我赶紧穿上大衣，我说不冷，不想穿，她有点急了，说："今天是'小寒'，今年下半年以来最冷的一天！"她的话真让我着实吃了一惊，因为我知道平时的她，原本是从不关心季节变化的，"二十四节气"她更是记不周全，现在竟然能一口说出"今天是'小寒'"，想来我离开家的这些日子里，她最关心的或许正是季节的变化和我所在的那个岭南花城的天气冷暖吧！

呵，难怪列车的窗户上一路结起了窗花——

晓寒生花！"小寒"生花！

2016 年 6 月 16 日

大寒·大闲·大忙

“二十四节气”原本是我们的祖先为了方便农事安排而创设的吧！

可是，入冬后，农事活动事实上便越来越少，时至“二十四节气”中的最后一个节气“大寒”，田间地头的农事更是很少很少了，即使偶有一些，也都是并不打紧的小事，所以庄稼人的日子便如俗话所说的，“半年辛苦半年闲”，这“半年闲”大体上便是指冬春那些并无多少要紧农活可干的日子。

世上的事情，大多数都是人忙出来的，唯独诗性、诗意和诗本身，甚至文化，倒常常是“闲”出来的，如同乡下人一句骂人的话，都是“吃饱了撑的”。不是吗？饿着肚子哪还有什么心思来做诗、填词、谈文化呵？

秋收后的乡村肯定是能“吃饱”的，即使要闹饥荒，那一般也要到春天青黄不接时；“吃饱了”又“闲”着的冬天，照例应该是一个很能产生诗意与文化的季节，然而体现在“二十四节气”中似乎恰恰相反，冬天的六个节气名称，看起来祖先们在当初命名时似乎懒得多作推敲，起得一点儿也不像其他三个季节的那么精准、文雅、有诗意。除去“立冬”与“冬至”是顺着前面的“立——春、夏、秋”和“夏至”而来，似乎天经地义，可不多说；另外四个，名称起得似乎都太过敷衍：冬天自然会下雪，于是来个“小雪”“大雪”；冬天自然寒冷，于是来个“小寒”“大寒”。这有点儿如同从前的乡下人为孩子起小名——生了两个男孩两个女孩，男孩各叫“大

寒林深处有春讯

牛”“小牛”、“大龙”“小龙”和“大虎”“小虎”之类，女孩则各叫“大花”“小花”、“大美”“小美”和“大兰”“小兰”之类；或者干脆从大到小，来个“阿猫”“阿狗”……一“阿”到底。

这一现象，或许以从前某些文艺理论家的观点看，正可作为文学、艺术都起源于劳动的命题之一证——没有了劳动，便没有诗兴、诗意甚至文化！或许也可作为乡下人一句骂人话之一证：“越吃越馋，越闲越懒”——因为闲和懒，便连这冬天的节气名称也懒得推敲了。

然而真的是这样吗？

其实不然！

原来乡下人此时的诗兴全在“节日”上而非“节气”上了！

入冬后，乡下的“节”、“日”便多了起来：十月初一，谓之“十月朝”，既是“寒衣节”又是“祭祖节”，十月十五日为“下元节”，“冬至”日，既是节气又是节日，腊月初八为“腊八节”……忙惯了累惯了的乡下人，原本是闲不住的，一旦闲了，就弄出些节日来过，这原本也不难理解。

时至“大寒”，农事越闲，乡下的“节”、“日”更是越密集——腊月二十是“小年”（有的地区是腊月二十三，或二十四，或二十九），腊月二十三是“送灶”日，腊月二十七是“除尘”日，直至腊月三十的“除夕”及第二天的春节，也就是“过大年”——达到高潮。

或许在乡下人看来，“节日”才是真正的文化体现哩！至于“节气”，毕竟主要是指导和服务于农事的，冬季既无多少要紧的农事，名称自然便失去了指导性和服务性意义了，就起得随意一点吧！正是就因为这一“随意”，竟使得“二十四节气”中最后一个节气“大寒”，事实上成了最名实不符的一个。据气象资料显示，全国的平均气温，在绝大多数的年份里，以“小寒”最低，极少数年份“大寒”会低于小寒，也就是说，事实上“小寒”的“寒”并不“小”，“大寒”的“寒”并不“大”。

一点儿也不要怀疑我们的祖先对此是因为不知道而弄错了。

事实上祖先早就知道一年中最冷的时候并不是“大寒”，而是“小寒”，“最冷在三九”的俗话便是对此最好的证明，因为这“三九”便是在“小寒”，而非“大寒”中；还有《九九消寒歌》说得更具体：“一九二九不出手，三九四九冰上走，五九六九沿河看柳，七九河开，八九雁来，九九加一九，耕牛遍地走。”另还有俗话：“春打六九头。”意思是说，“立春”之日总在“六九”的开头；亦即“大寒”一般跨“五九”。由此可见，时至“大寒”，人们快要“沿河看柳”了，肯定是最寒冷的日子已然过去。但是这节气名总不能先“大寒”后“小寒”地倒着起吧？所以就只能让这“小寒”“大寒”名不符实了！好在反正这会儿既不用掐着日子播种，也不用踩着节点收割，只需过好节日就行了，而过节气温高点儿低点儿都无所谓。

时至“大寒”，在中国的大地上，虽然还寒意阵阵，很多地方都还白雪皑皑，但乡村的气氛大多可用“热火朝天”这样的成语来形容。以我的老家为例，记得每年这个时候，村里就几乎日日锣鼓喧天了，那是村里的马灯会开始训练了。

所谓马灯，就是用纸糊成马的形状，并将其分为前后两截，晚上各系上人身体的前后，在内部点上蜡烛，看上去便如人骑着一匹通体闪亮的马一般；借此便可以表演各种马上武打动作、骑兵战争场面，甚至还可以演出一些与马相关的情节简单的戏曲故事。所以马灯是一种需参与人员众多的集体活动项目，且参与人员要一律是男性壮劳力，所以其往往都只有一些较大村子才能组织起来。由于人员众多，自然需要演出前进行反复排练；而平常农忙，自然很难让如此多的男丁在同一时段里将手上的农活一齐放下来集体排练，唯有到年底的闲时才行，只是这样一来，村里的男人们便闲时闲不得了，每天不是敲锣打鼓地练习集体跑阵，就是要合着锣鼓点练习武打，显得似乎比平时还要忙活。

虎跃龙腾

龙灯的

参与人员虽然不一定如马灯那样多，但也是一种集体项目，且从长城内外到大江南北，每逢年、节，乡下人岂能不舞起龙灯？然而要将各地的这草龙、竹龙、板凳龙等，舞成游龙、飞龙、滚龙等，都是需要乡下人（主要是男人）好好训练一番的，而最好的时机也是这“大寒”的农闲时。

当然，让乡下男人们闲时不得闲的，还有跑旱船、踩高跷，甚至还有唱社戏等等。

其实，过年过节最忙的，肯定不是男人，而是女人，因为中国人的节日几乎都与吃有关，而忙吃的，在乡下似乎天经地义总是女人的活儿。

“大寒”日总是在腊八节前后，所以“大寒”节气中乡下女人的繁忙，往往从那一锅“腊八粥”开始。煮粥本来是乡下人一日三餐中很日常的一件事，但是偏要加入红枣、桂圆、核桃、白果、杏仁、栗子、花生、葡萄干等八种（有的地区更是多达十八种）干果！细看一下，在中国是很难找到某个地区能同时出产它们的，这就注定了无论是哪里的中国人，要将它们一一采购到，都是足够忙活上好一阵的；若是物资匮乏的困难时期，那就更让人忙活了——实在忙活不到，也得动脑筋想办法，哪怕是找替代物，这粥里面最终总得掺和进八样不同的东西，而这找替代物的过程，较之忙活那规定八样的过程，其让人忙活的程度只会有过之而无不及。材料忙全了，煮制的过程也足够忙活至少一天——我在另一篇写“冬至”的小文中对此多有叙写，这里就不再赘述。

腊月二十的“小年”，多数年份都在“大寒”节气中。既是“小年”，说明它只是规模比“大年”稍小一点，是对“过大年”的一次预演，程序是大体不能少的，吃的、喝的等等方面，自然与过大年一样，什么“十大碗”、“八大样”自然一样不能少，还有“饺子”、“包子”各种能讨口彩的食物更是不能少。而要做出这一切，绝离不开一个字：忙！

忙完了这几个必不可少的“节”，然后开始忙“日”——“送灶日”、“除尘日”。

“送灶日”又称“祭灶节”，传说在每年的腊月二十三这一天，灶王爷要就人间将过去的一年上天向玉皇大帝述职，百姓当然希望他在玉皇大帝面前为人间百姓多说好话、多讨吉祥，于是在这一日，乡下的家家户户都要祭灶神，且有两样祭品必不可少，一是黏食，二是甜品；其目的是用黏食黏住灶王爷的嘴，让他尽量少开口，因为言多必失；如果开口，也因为嘴上沾了太多的糖，说出的话也甜一点。

腊月二十四是“除尘日”，又叫“掸尘节”，为什么要除尘和掸尘呢？只因为“尘”与“陈”谐音，“除尘”便意味着“除陈”，亦即除陈布新的含义，寄希望于在这一年将尽的时节，将一切陈旧的“晦气”和“霉运”都扫出家门，赶得远远的。而这“除尘日”的除尘，与平时的大扫除还有许多的不同：一是除尘前要将家里的所有家具统统搬到室外，待除尘结束再搬回来；二是除尘时用的扫把要自己现扎，且一定要用稻草和一根比人的身高还长的木棍或竹竿扎成，使用完毕后也不能立即拆散或扔掉，而是要把它留到除夕，等吃过年夜饭后，将它点燃烧掉，在烧的过程中，人要将它当“火墩”，从上面跳过去，以示人也被“除陈布新”了。只是如今，乡下人也多住上了楼房，很多人家屋里是上有天花板，下有木地板，或者是铺上了花岗石和地面砖。事实上一年到头，家里也并无尘可掸了；即使掸，有些家具，特别是如空调等家电，也无法搬出搬进了，自然省事了许多，让人也少忙活了许多。

其实，现在类似这些都没有从前忙活了，因为从前的忙多数都是围绕着一个“吃”字，而现在因为任何吃的似乎都不缺乏了，自然也没什么好忙的了，只是乡下人心中又隐隐地觉得，少忙了的年、节，似乎又少了一些过年过节的味道，所以他们还是尽量会将这些一个个的“节”和“日”弄得忙一点。

忙完这些“节”和“日”，就要忙年了——其实忙这些“节”和“日”本身也就是忙年——为过“年”做准备。

又过年啦！

就这样，“大寒”，本是大自然为乡下人安排的一个原本应该是最闲的节气，但是，由于其特殊性，注定其终成了一个不闲反忙的节气。而所有的忙活，看起来只为了那一个特殊的节日，这个节日在“立春”前后，名叫——春节。

十分腊寒随漏尽；一声爆竹迎春来。

“大寒”之后是“立春”，“立春”前后是春节——此后，风便是春风，雨便是春雨，天便是春天了。

2016 年 6 月 17 日

后　记

我一直以为“二十四节气”应该算作是中国古代“四大发明”之外的第五大发明！

正是因为“二十四节气”的发现、明确、命名，并被运用于农业生产，才使得中国无愧于一个以农业立国的国度，才使得中国的社会经济发展在整个人类社会中处于领先水平数千年，才使得我们的先民们有条件进行科学技术研究和文学艺术活动。因此，我们甚至可以说，“二十四节气”是“四大发明”的前提和条件；至少是就对于中国人日常生活的影响和民族文化的形成来说，“二十四节气”较之于“四大发明”，其意义与作用实在是有过之而无不及。

众所周知，今天的中国正在努力完成着从农业国向工业国乃至现代化国家的过渡，也在努力完成着生活方式的城镇化、城市化和现代化；工业化生产和城市化生活，相对来说对于自然条件的依赖要小很多，于是今天的人们，似乎在不知不觉间忘记了自然，忘记了对它应有的尊重，人在自然的面前变得越来越得意忘形、肆无忌惮和贪得无厌。然而，人说到底也只是自然界的一个物种，任凭你再大本事，终究是不能提着自己的头发让自己离开脚下的地面和地球，即离开这个大自然的，因为一个最简单也是最基本的事实是，是人总得吃饭；而要吃饭，便任凭再怎么工业化，农业生产仍不可偏废；而只要进行农业生产，就不得不遵循自然规律，即遵循“二十四节气”对于耕耘、播种、秋收、冬藏的种种提示和规定。“二十四节气”事实上与“四大发明”一样，恰恰是我们的生活至今都无法离开的。

不久前在电视上看到一短片，介绍一位80后博士，在京郊创办了一家世界上最大的“农业工厂”，对常吃的蔬菜和一些中药材进行长年无季节性的流水线式生产。这样的生产确实令人震惊，因为它似乎颠覆了人们观念中的农业生产。据此或许有人会说，如果有一天，这样的“农业工厂”完全代替了农田，我们或许就不需要“二十四节气”了吧？然而事实上恐怕并非如此。据那座“农业工厂”的创始人，也就是那位80后博士介绍，该工厂之所以能进行长年无季节性的流水线生产，是因为将整个工厂分成了二十四个区域，并用现代化设备模拟出“二十四节气”的光照、温度和湿度等自然条件，并将不同生长期的植物流水线式地置于其中“自然”生长；而工厂的总控室，无时无刻不在监控着工厂内的这个“人造二十四节气”的变化。由此可见，即使是在对传统农业如此颠覆了的“农业工厂”中，事实上也无法完全颠覆“二十四节气”背后的自然规律。的确，“二十四节气”是大自然运行的永恒规律，任何时候都不为尧存，不为桀亡；“二十四节气”是属于人类的一项伟大的自然发现和科学总结，是颠扑不破的金科玉律；“二十四节气”是中华民族天人合一思想的现实呈现和诗意表达，是造就我们民族性格的文化基因之一。

一个人对于潜藏在自己身上的文化基因，很多时候并不会在意，甚至缺乏应有的认识也很正常，往往只在一些特殊的时候和场合它才会让你为之心动、心酸和心痛，才会让你记起自己的来路，想起遥远的故乡，忆起久违的故人，这些记忆、遥想和追忆，合起来便是所谓的乡愁吧！

而乡愁是无需刻意“记住”的，是“从来不需要想起，永远也不会忘记”的，所以余光中才说，“乡愁是一枚小小的邮票”，“是一张窄窄的船票”，“是一方矮矮的坟墓”，它是注定会纠缠你一生的！

对于今天的大多数人来说，“二十四节气”或许都只是作为他们乡愁的一部分而存在了，因为他们的现实生活确实与“二十四节气”已离得很远很远，甚至似乎已完全无关。他们日日出入于那些装有中央空调的高档写字楼，里面一年四季恒温、恒湿，其“小气候”已无关乎大自然的季节运行；他们也日日工作，有时他们也把自己的工作比喻成耕种和收获，但是都与田地和庄稼无关了，有关的只是下单、撤单、结单，买进、卖出、平仓、满仓等等；他们每日的劳动，是增收还是歉收，都在自己的电脑上和手机上显示，且天气的阴晴雨雪、冰霜旱涝似乎都与之无关……“二十四节气”对于他们来说，或许只是一个与童年一样遥远的记忆了。

童年是人类的乡村，乡村是城市的童年。“二十四节气”本属于乡村，自然也只能是许多人童年的记忆！

我的确是在很小的时候就能完整记得“二十四节气”的名称和顺序了，且不用凭借那“二十四节气歌”——现在想来这都是因为我的父亲，但并不是父亲在我小时候要我记或教我记的，相反他在我小时候是明确阻止我记它的：“记它干吗，只有种田的才记它！你将来得有出息，不要再像我一样，勒着锄头把子过一辈子。”

那时父亲是生产队长，在四十多年前的乡下，这“队长”大小也是个“领导”，而这“领导”的权威性，除了体现在每天早晨，全队男女劳力都要集中到我家门前，听从父亲像个指挥官一样地“派活”——谁谁谁去哪块地锄草，谁谁谁去哪块田薅稻，谁谁谁到哪条河里罱泥——更体现在队里的稻、麦、瓜、果、豆、芋等，什么时候播种，什么时候移栽，什么时候间苗，什么时候采摘，什么时候收割……都由父亲说了算。我常见父亲每天晚上在家，一个人嘴里念念有词地对这些做着盘算，活像个运筹帷幄的将军。正是从父亲的念念有词中，我知道了父亲运筹帷幄的依据，便是那“二十四节气”：“芒种芒种，开仓放种——这稻种得泡了”，“处暑处暑，处处要水——烤了多天的稻田得上水了”，“霜降霜降，颗粒归仓——大田的晚稻熟不熟透都得赶紧收了”……因为父亲在家里一年到头如此地念叨，这些农谚、俗话等，我在很小的时候便知道并铭记了下来。那时我曾幼稚地想，父亲或许正是因为能熟记这“二十四节气”才能当上生产队长这“领导”的吧！我那时想象着自己将来也应该会成为一个与父亲一样的农民，也应该尽早记下这“二十四节气”，尽管父亲不让我记它，希望我“有出息”。好在我上学的年代里，学校里还有一门叫“农基”的课，借助于这门课，我又不可救药地记住了那二十四个美丽的汉语词汇，且至今倒背如流，估计也将终生难忘了。因此，我相信从前的乡下一辈辈人对于“二十四节气”的记忆，都应该是早年在大人们的熏陶下不知不觉地完成的吧！

去年冬天，勤了一辈子锄头把子的父亲走近了他人生的尽头，我从平时谋食的城市回到他身边，陪他走完这人生的最后一程。这是我离开故乡数十年后，在村里生活时日最多的一次，就在那些日子里，我发现自己这个平时在城里人眼中的“乡下人”，却成了村里人眼中的“城里人”，我与乡亲们之间似乎相互都有些陌生。唯有说起过去，相互间才似乎活络起来。乡亲们与我说起当年父亲当生产队长时的种种事情，说起我小时候的种种调皮；我也说起了小时候关于故乡的种种记忆，这中间就有“二十四节气”——我说自己至今能对它倒背如流。然而没想到的是，当场竟然有几位子侄辈小伙子表示不信：“现在连乡下人也没几个人能记得清了，你这几十年不种田不下地的，还能记得它？”他们还告诉我，如今种田，各种农作物何时播种、何时间苗、何时灌溉、何时治虫、何时收割等等，有关部门都会及时通过手机统一布置和及时通知的，根本用不着自己用心思去对照着“二十四节气”盘算了——那早已是老辈种田人的事了。

若真是如此，父亲的去世或许便标志着我们这个江南小村一个时代的结束了，因为他去世时，是村里年岁最大的人！

父亲去世后，我一直想写一点文字表达对他的怀念，然而很长一段时间我都没能写出一个字，这倒并非因为我沉浸在悲痛中；说句实话，父亲以八十七岁高龄故去，也算是寿终正寝，虽然对于我来说悲伤仍在所难免，但并不曾让我久久沉浸其中，“长歌当哭，须在痛定之后”的话并不适合我；只是我几次提笔后都发现，做了一辈子农民的父亲，原本并没有多少了不起的事迹值得后世铭记，为此我又不得不几次将提起的笔放下。

然而笔可以放下，对父亲怀念的心情和情结又一直放不下解不开；这倒并非我作为一个以文字谋生的人显得有点无能，更主要是因为父亲是一个虽大字不识却又对文字充满热情和崇敬的人，不为他写一点文字怎么都有点说不过去。

许多初识父亲的人都以为他很有“文化”，至少是绝不相信他原本没读过一天书，连字也不认识几个，可谓一个十足的文盲；我小时候也很长一个阶段都不相信父亲事实上是个文盲，他那时做个小小的生产队长，“最高指示”一条又一条地发表，大会小会一个又一个地召开，父亲总要传达“精神”——这在当时是政治任务，差错不得，但父亲竟然都能奇迹般地对这些应付自如。我那时常见父亲主持生产队的社员大会，只见他正襟危坐，滔滔不绝，俨然很有学问的样子，岂能相信他没有“文化”、是个文盲呢！？我考上了大学后，乡亲们更是都觉得我那不识字的父亲是有“文化”的了，“要不，他怎么能培养出个大学生儿子！”有意无意的几句恭维话，父亲听了竟也觉得自己是有文化的人了。我常在报上发表一些“豆腐块”，有人见了指给父亲看，他总是不屑地说：“他那点文墨浅得很，写不出什么好文章的！”他话虽这样说，但当我每年回家过年，遇乡亲们要我帮着写春联时，他总是不等我回到家，就已经把各家的一卷卷大红纸带回家了；等我回到家里，父亲一一嘱咐我，哪一卷是哪一家的，哪一家有几座门，各座门是单门还是双门……从未出过差错。最后还总忘不了交代我一句：“要写好，人家看得起你才让你写的！”最后轮到写自家的对联，父亲一定会在一旁监督。我写好一联：“家居绿水青山畔，人在春风和气中”，父亲却说，“东头二狗才念初中，去年他家门上贴的好像就这几个字，你说起来已大学毕了业，也只会写这个！”我于是只得重写一联：“鼎新革故，豫立亨通”，念一遍给父亲听，并告诉他这对子出自《周易》。父亲这才笑笑点了点头，好像很懂的样子。

父亲觉得自己是有文化的，因此遇事总爱认个理。有件事曾让我很感动：村里盖了个文化活动室，乡里的一个干部为之撰了副对联，乡亲们一致推选由我来将其书写上墙。可我把那联语拿到手一看，两句话并不成联不说，竟还有两个错字。我当时忍不住随嘴嘀咕了一声，并要将两个字改过来，可父亲在一旁听见了说："得跟村干部打个招呼再改。"谁知村干部认定，乡干部官那么大，绝不会写错字，我怎么解释都枉然，无知得令人发指，我很为难。争执不下之际，倒是父亲为我毅然回掉了那份"美差"，他说："写这样的对子，人家也会说你没文化的！"

对于自己的这样一位父亲，我不为他写一点文字，岂能说得过去！

今年春节前，为了离去的父亲和健在的母亲，我又回到了故乡，只是今年书写春联时，气氛与往年大不相同，一是不再有父亲站在身旁，二是母亲说，因为父亲的过世，今年咱家的春联不能用红纸写，而只能用黄纸写。既然如此，那往年写惯了的迎春接福、欢度佳节、辞旧迎新一类的联文自然是再写不得了，那写点什么呢？这让我一时不能不又想起父亲，想起他面朝黄土背朝天的卑微一生。

父亲的一生是属于土地、属于田野的，如今连躯体也交给了大地，并与之融为了一体，作为一个为土地而生、为土地而死了的农民，对他最好的纪念文字，应该没有比写写土地、庄稼和季节，写写耕种的辛勤和劳累、丰收的希望和喜悦更好的了！于是，我将"一冬无雪天藏玉，三春有雨地生金"写作了自家今年的春联，这并非是因为去年这一冬故乡的天空中真的没有下过一场像样的雪，更因为这是父亲在世时我曾经写过的——父亲在世时，每遇这样的年成，他常会说"干冬湿年，快活做田”——虽然有“瑞雪兆丰年”的老话，但即使一冬无雪，只要开春有雨，明年准仍是个丰收年！因此，我觉得写上这副春联便是对父亲最好的怀念；同时这也让我想到，如果我能写一写父亲干了一辈子的唯一“工作”，那也是对他更好的怀念；而最好承载他“工作”的便是这“二十四节气”——父亲不仅念叨了一辈子且以自己的生命在土地上印证了一辈子的“二十四节气”，我虽不能在土地上印证却注定将铭记一辈子的“二十四节气”——于是我决定顺着一年到头的顺序，写一写这“二十四节气”中自然的花开花谢、阴晴雨雪，也写一写农人的耕耘播种、秋收冬藏，更写一写诗人的伤春悲秋、听雨赏雪……

“二十四节气”确实是一首关于自然、社会和人类的最美诗篇，用我的朋友著名作家耿立的话说，是“一个一个的美学格子”，每个格子里都蓄满了相同数量、不同形态的美。

“好雨知时节，当春乃发生”。春天，雨是这个季节美的关键词。“立春”的风雨虽然还很寒冷，但是美的，因为“风雨送春归，飞雪迎春到”，其寒风中已有春的消息，那雪压着的土地下，小草正悄悄地醒来；春节的种种迎春接福的民风习俗也是美的，因为它们寄托了人们对于新的一年的美好希望。满怀着这样的希望，念着“一年之计在于春”的古训，任花开花落，随流水落花，听春雷阵阵，播云布雨，踏青祭祖，“雨水”、“惊蛰”、“春分”、“清明”、“谷雨”一路过去……

尽管夏天的色彩只是那铺天盖地的绿，其较之于春天的百花烂漫显得有点儿单调，但夏天也有花开，且夏花开放之热烈，往往连春花也不及，故泰戈尔才愿自己“生如夏花”。总之，夏其色彩热烈、浓厚、大度。再加上“‘立夏’，蝼蝈鸣”，“‘芒种’，伯劳鸣”，“‘夏至’，蜩始鸣”，这些来自大地、来自泥土、来自自然的声音，与春天唱至夏天的蛙鸣一起，将整个夏天变成了一场似乎永不落幕的音乐会，整个夏天岂能不有声有色！有声有色的夏天，岂能不是一个最充满活力、以生长为主题、以热烈为基调的大美的季节！

秋天的美其实是被一只蟋蟀唱响的，“七月在野，八月在宇 ，九月在户，十月蟋蟀入我床下”；它“在《豳风·七月》里唱过/在《唐风·蟋蟀》里唱过/ 在《古诗十九首》里唱过/ 在花木兰的织机旁唱过/ 在姜夔的词里唱过，劳人听过/ 思妇听过”。如果说夏天的美适合多声部的合唱，那么秋天的美则适合独唱或吟诵。的确，蝉声虽然能跨过“立秋”，但秋后的蝉声却成了“寒蝉”，其声也变得“凄切”。好在秋天虽然其声不如夏，但其色则不逊于春，秋天的大地因成熟而变得金黄，秋天的天空因澄澈而变得高远，秋天云朵因天高而变得淡然，秋天的色彩因橙黄橘绿、天高云淡、月白风清而变得更丰富，更温暖，更美，比之春天和夏天，其声色虽然收敛了许多，但刘禹锡仍然固执地说：“我言秋日胜春朝！”

当蟋蟀的吟唱突然间从床下传来，季节已在不知不觉间过了“立冬”。其实，蟋蟀与蝉一样，也是跨界的歌手，它能从“立秋”一直唱到“冬至”，把夏热唱成秋凉，唱成冬寒。“立冬”过后，“小雪大雪又一年”，小雪无声，大雪无痕；鸥鸟不鸣，大音稀声；大地隐形，大美无言；烂漫之后，复归平淡；热闹过后，归于沉寂；天之大道，世之大美。如此之大美需要细细咀嚼。此时的自然亦需要调养，用漫漫长夜、无边风雪和透骨的寒冰；此时劳作了一年的人们当然也需要调养，用亲情、爱情、友情：“绿蚁新醅酒，红泥小火炉。晚来天欲雪，能饮一杯无？”在如此的调养中反刍着一个即将过去的一年，再走向又一个来年！

“二十四节气”的美，与任何的美一样，其前提都是真与善，所以，属于“二十四节气”的美，其美的前提是适时、适度。诗圣“好雨知时节”一句中的那一个“知”字之所以用得好，是因为它写出了这种适时之美；“小满”的节气名称之所以起得好，是因为其充满了一种哲学的意味——江河小满，雨水适度，既消除了旱，也不会酿成涝；麦粒小满，丰收在望，是希望；人生小满，不膨胀欲望，又不忘努力，是境界，也是幸福。

“二十四节气”的美，是一种天人合一的顺其自然、自然而然的状态，其植根于泥土，曝晒于阳光，随日月更替，星辰斗转，天行有常；其与荒草为伍，与庄稼同生，与鸟虫共唱，与天籁和声，和谐共处。说到底，“二十四节气”之美，是对真的崇敬，对善的保持，是真、善、美的和谐统一。

毋庸讳言，今天，我们的生活中，高科技与城市化在为我们虚拟出太多方便、快捷与美丽的同时，也消解了太多真实、真诚与真相；城镇化的挖掘机与推土机，在加速了我们现代化步伐的同时，也粉碎了太多的善意、善良和善心；美似乎正在剥离于真，游离于善，不说谎言与陷阱正变得越来越美丽，只说连那些给女人以美丽的丰乳、肥臀、纤腰等，竟然也有可能是假的；而在这个连女人乳房也有可能是假的时代里，一面有人嚷嚷着“记住乡愁”，一面又有人面对着城市而蠢蠢欲动。对于他们，或许最该从记住那“二十四节气”的名称开始，对自己的生活和人生作一番打量、梳理和规划吧！而对于我来说，借这本《节气24帖》的写作，一是寄托对父亲的怀念之情，二是也借机进行一番生活与人生的自我打量、梳理和规划。

本书以“二十四节气”为序、为题、为文，力求熔铸乡愁、乡土、乡情之诗意，光阴、季节、生命之哲思，人生、社会、自然之随想；不仅带你重回童年时过年过节的记忆，发现大自然季节轮回的美丽，了解乡亲们春耕秋收的智慧，更让你以此作一次精神的还乡、情感的重温和思想的追寻，使“二十四节气”成为一年到头的二十四盏红红的灯笼，不但照亮我们回家的脚步，更照亮我们脚下城镇化、现代化和全球化的路径。

正当我在为本书一面润色一面寻找出版机会之际，有新闻传来：2016年11月30日，联合国教科文组织在遥远的埃塞俄比亚首都亚的斯亚贝巴举行保护非物质文化遗产政府间委员会第十一届常委会，通过审议，并批准，将中国的“二十四节气”列入联合国教科文组织“人类非物质文化遗产代表作名录”。这似乎恰恰证明了我前面所说的话，即“‘二十四节气’应该算作是中国古代‘四大发明’之外的第五大发明”，或是“‘四大发明’的前提和条件”，已不只是我的个人认识，而已是世界的公认。

感谢画家潘小庆先生为本书提供了全部插图，为本书生色许多！

感谢游建华先生对本书的厚爱并精心策划，使本书不但以最快的速度出版问世，而且使它终获得了一副如此端正的品相！

感谢《人民日报》、《光明日报》在全书未出版前能发表序言、后记和有关章节，使本书在问世之前就产生了一定的影响！

感谢所有关心、鼓励和支持过我文学事业的亲人和朋友！

2016年12月1日记于南京

附　录

诸荣会主要著作存目

1.《最后的桃花源》　北方文艺出版社出版
2.《风生白下》　南京师大出版社出版
3.《秋水蒹葭》　大众文艺出版社出版
4.《风景旧曾谙》　百花文艺出版社出版
5.《生怕情多》　百花文艺出版社出版
6.《江南味道》　当代中国出版社出版
7.《晚清背影民国脸》　当代中国出版社出版
8.《原来如此：叶名琛传》　百花文艺出版社出版
9.《百年背影》　安徽文艺出版社出版
10.《无用是书生》　百花洲文艺出版社出版
11.《薄命是红颜》　百花洲文艺出版社出版
12.《谋生亦谋爱》　江苏文艺出版社出版
13.《大美中国·杏花春雨》　云南民族出版社出版
14.《锦灰堆里的尴尬人物》　知本家文化事业有限公司（台湾）出版

15.《沧海笑里的过场人物》 知本家文化事业有限公司（台湾）出版
16.《另册》 北岳文艺出版社出版
17.《夫唱妇不随》 江苏人民出版社出版
18.《读碑帖》 现代出版社出版
19.《秦淮河传》 现代出版社出版
20.《男人的晚清 女人的民国》 山东人民出版社出版
21.《青红皂白》 中国书籍出版社出版
22.《腕下风华》 江苏凤凰美术出版社出版
23.《节气24帖》 江苏凤凰教育出版社出版

选题策划　游建华
内文插图　潘小庆
封面设计　杨柳岸
装帧设计　吴楚人
责任编辑　陶振伟

扫描二维码购买本书

网店地址　http://jsfhjy.taobao.com
公 众 号　苏教服务（微信号：jsfhjyfw）
邮购电话　025-85406265，85400774　短信　02585420909
盗版举报　025-83658579